江苏红色经典故事

思维导图手册

- 历史印记
- 人物星辉
- 当代征程

初心如炬映征途·青春无畏追光行

壹 · 烽火燎原 赤帜长歌

历史印记

P001 | 八号门事件

1921年11月,中共陇海铁路铜山(徐州)站发生"八号门事件",引发陇海铁路大罢工,这是中国共产党初创时期直接领导的一场前所未有的大规模罢工斗争,也是全国工人运动第一次高潮的前奏。之后,江苏第一个党组织——中共陇海铁路铜山(徐州)站支部成立。

——《"八号门事件"与江苏第一个党组织》

P023 | 中国工农红军第十四军

中国工农红军第十四军,土地革命时期江苏地区唯一列入中国工农红军序列的一支正规武装。近百年前,这支红军在距国民党统治中心仅百余公里的如皋、泰兴地区浴血奋战、殊死搏斗,打击了国民党反动统治,在中国革命斗争史上写下了不朽篇章。

——《江海平原播火种——中国工农红军第十四军》

P045 | 宋公堤

几百年来,盐阜大地饱受海潮、海啸灾害。1940年冬,阜宁县抗日民主政府首任县长宋乃德决心修筑海堤,保障人民安全。1941年7月底,一座大海堤巍然屹立于黄海之滨。人们将其与范仲淹主持修筑的"范公堤"并提,称为"宋公堤",以纪念以宋乃德为代表的共产党人造福地方的不朽伟业。

——《为民造福"宋公堤"》

P051 | 大胡庄连

1941年4月,淮安北乡,日、伪军正对敌后抗日根据地展开疯狂"扫荡"。大胡庄,新四军第三师八旅二十四团二连在此驻扎警戒。面对闻讯扑来的数倍于己的敌人,二连战士背水一战,耗尽弹药后,毁去枪支,以刺刀、棍棒、铁锹与敌肉搏,没让敌军占到半点便宜。此役,二连83人牺牲了82人,"大胡庄连八十二烈士"血染青史。

——《大胡庄连:以身殉国英雄连》

- P055 | 苏鲁交通线

全民族抗战爆发后,徐州沦陷,华中通往华北的交通线遭敌破坏。为打通两大抗日根据地之间的联系,一条秘密交通线——苏鲁交通线建立。一大批地下交通员隐姓埋名,出生入死,穿行其间。他们为民族解放和人民幸福前仆后继,献出宝贵的生命,化作历史上一颗颗耀眼的流星。

——《无声的功勋——记奋战在苏鲁交通线上的交通员》

- P060 | 塘马战斗

1941年冬,日军突袭驻扎在溧阳西北塘马村周围的新四军,震惊大江南北的塘马战斗由此爆发。塘马战斗,是新四军抗战突围战斗中规模最大的一次,也是牺牲人数最多的一次。这一役,将士们临危不惧,血战竟日,粉碎了敌人一举歼灭苏南党政军领导机关的阴谋,保存了大批骨干和有生力量。

——《血战塘马:一场气壮山河的突围战》

- P064 | 刘老庄连

1943年春,淮阴刘老庄发生了一场血战:面对数十倍于己的日、伪军,新四军一个连队的82名官兵英勇搏杀,有死无退,最后全部壮烈牺牲。这支英雄连队,就是新四军第三师七旅十九团二营四连,即"刘老庄连"。刘老庄连82位烈士身后,仅有连政治指导员李云鹏的两封家书得以留存。

——《两封平安家书与一场血战——记刘老庄连八十二烈士》

- P071 | 高邮战役

1945年12月19日,高邮战役打响。25日,新四军大获全胜,创造了抗日战争中一次战役歼灭日军人数的最高纪录。26日,新四军在高邮会堂接受了日军的正式缴械投降。

——《高邮战役:拔除华中解放区中心最后一个日伪军据点》

- *P076* │苏中战役│

1946年7月,粟裕率领的华中野战军在苏中解放区的前沿地区——江都至如皋一线,摆开战场,迎歼国民党军。著名的苏中战役,就此拉开序幕。这场战役,华中野战军最终以3万兵力完胜国民党军12万人,取得七战七捷的辉煌战绩,加速了解放战争的胜利进程。

——《日夜兼程赴淮安,共商良策斗顽敌——粟裕与苏中战役》

- *P088* │**淮海战役**│

淮海战役,一场以少胜多、以劣胜强的奇迹。其中浓墨重彩的一笔,是千百万人民群众奔流不息在千里运输线上,以规模空前的支前运动,促成了这场军民一心的伟大胜利。徐州,淮海战役纪念馆,如今陈列着一件国家一级革命文物:一根一米来长的竹竿。这根竹竿的主人唐和恩,便是那支庞大支前队伍的一员。

——《一根小竹竿,漫漫支前路——记淮海战役的群众支前运动》

- *P093* │渡江战役│

1949年4月21日,人民解放军正式发起渡江战役。江岸炮火齐鸣,江面上近万只船穿梭往来……这些大小、形制各异的船只,来自长江沿岸船工、渔民的无私奉献。当百万雄师以摧枯拉朽之势强渡长江,于枪林弹雨中托举他们过江的,正是数万名奋力划桨、赴死不惜的支前船工。

——《渡江战役:靠老百姓用小船划出来的胜利》

贰·赤子之心 英模风范

———— 人物星辉

● P007 ｜侯绍裘

1923年11月，一位青年共产党员发表了一篇文章《我们该做怎样的青年》，在青年中引发热议，他说：一个人不是为一己而生，是为社会为人类而生，以最大多数之最大幸福为人生的最终目的最大责任，而以尽此责任为乐。1927年4月，31岁的他壮烈牺牲于南京。他就是中国共产党早期革命活动家，侯绍裘。

——《侯绍裘：以最多数人之最大幸福为人生的最终目的》

● P013 ｜陈延年

他曾在旅欧期间与周恩来等一起创建中国少年共产党，也曾和邓中夏等一起领导省港大罢工。他被称作"开疆辟土的拖拉机"，在他的组织下，党的革命活动和党组织遍地开花。1927年，他成为第一任中共江苏省委书记，却在不久后壮烈牺牲。他就是陈延年。刑场之上，29岁的他傲然站立：革命者只有站着死，决不下跪！

——《陈延年：站着就义的江苏省委首任书记》

● P017 ｜张太雷

1921年7月12日，中国共产党第一次全国代表大会召开前夕，远在万里之遥的莫斯科大剧院，一位穿着西装、身材魁梧的年轻人正从容不迫地走向讲台。他将以中国共产党的名义，首次在共产国际的舞台上亮相。他就是中国共产党早期领导人之一，张太雷。

——《张太雷初次亮相国际舞台》

● P027 ｜许包野

他是当时中国凤毛麟角的高学历知识分子，却放弃体面的职业和富足的生活，甚至放弃了自己的姓名。他说："共产党要的是整个世界，要共产主义的世界，不是金戒指、金镯子、金手表之类的东西……需要付出许多代价，要付出许多人的鲜血和生命。"他做到了，付出了自己的鲜血和生命。他就是曾任江苏省委书记的革命先驱，许包野。

——《半个世纪的等待——寻踪革命先驱许包野》

- P031 | 恽代英 |

他创办和主编《中国青年》,先后参与领导五卅运动、南昌起义和广州起义等,培养和影响了整整一代青年。他为亡妻"守义"十年,忠于革命也忠于情。1931年4月,他牺牲于南京,年仅36岁,践行了他"为了给更多的人寻找光明,我必须先走进黑暗"的承诺。他是中国无产阶级革命家、中国共产党早期青年运动领导人之一,恽代英。

——《恽代英守义十年报亡妻》

- P037 | 郭纲琳 |

她出身名门大户,开朗豪爽,济贫怜弱。她一腔热血投身爱国运动,不惜与家庭决裂。23岁的她成为地下交通员,在敌人眼皮底下转送秘密文件。她笑着说:口供早就准备好了!怕什么?被捕入狱3年,她坚持"不愿造一点点罪恶在我生命中",不肯做半点妥协。27岁的她惊鸿而逝,她的一生如夏花一样璀璨。她叫郭纲琳。

——《郭纲琳:生如夏花,璀璨无瑕》

- P082 | 陈修良 |

南京,作为当时国民党的统治中心,一直处于白色恐怖之中,中共南京市委的多位领导人先后牺牲。1946年4月,陈修良接任中共南京地下市委书记。这位隐秘战线上的女中豪杰,早已将生死置之度外。"男儿一世当横行,巾帼岂无翻海鲸?"陈修良以过人的胆识和智慧,在敌统治中心潜伏战斗3年多,为南京的顺利解放做出了杰出贡献。

——《巾帼岂无翻海鲸——记中共南京地下市委书记陈修良》

- P106 | 杨根思 |

他是中国人民志愿军首位"特级英雄",他牺牲的时候刚满28岁。他说:"不相信有完不成的任务,不相信有克服不了的困难,不相信有战胜不了的敌人!"他是杨根思,江苏泰兴人。自此,"杨根思连"成为英雄连队的番号。

——《杨根思:志愿军第一位特级英雄》

- P116 | 王杰 |

1965年7月,一次民兵训练任务中突发意外,中国人民解放军驻江苏徐州某部工兵1连5班班长王杰飞身扑向炸点,用自己23岁的年轻生命保护了在场的战友。人们在整理王杰遗物时,发现了他的日记:"我们要一不怕苦、二不怕死,做一个大无畏的人。""牢记:在荣誉上不伸手,在待遇上不伸手,在物质上不伸手。"……2021年9月,王杰精神入选中国共产党人精神谱系第一批伟大精神。

——《英雄王杰:以生命赴使命,把青春献人民》

P132 陈永康

陈永康，一位地地道道的农民。他没读过几年书，却选育出单季晚粳稻良种"老来青"，创造了当时华东地区水稻单位面积产量最高纪录，先后被全国22个省市及15个国家引种；他创造的单季晚稻"三黑三黄"看苗诊断技术，以及一整套综合性水稻高产早培体系，为国家创造了数十亿元的经济价值。

——《一稻济苍生——记农民水稻专家陈永康》

P187 赵亚夫

20世纪80年代，一句"要致富，找亚夫，找到亚夫准能富"，在句容农民间广为流传。句容，江苏镇江的县级市，位于茅山革命老区，千百年来，"贫瘠"一直是这片丘陵山区的代名词。如今，生活在这里的农民早已依靠现代农业实现了脱贫致富，而这一切都与赵亚夫密切相关。

——《赵亚夫：把成绩写在大地上》

P193 徐秀娟

20世纪80年代，盐城珍禽自然保护区创建初期，东北女孩徐秀娟跨越数千里而来，创造了丹顶鹤在低纬度越冬区孵化成功并存活的奇迹。然而她在一次任务中发生意外，生命永远定格在23岁。如今，东方湿地及盐城珍禽自然保护区已成为世界自然遗产地——中国黄（渤）海候鸟栖息地的核心区域之一，"仙鹤姑娘"徐秀娟的动人故事也在茫茫黄海滩涂上流传。

——《"仙鹤姑娘"徐秀娟》

P215 王继才

开山岛，远离大陆，人迹罕至，但作为祖国黄海前哨，必须有人值守。1986年7月，26岁的王继才接下守岛重任，同年9月，妻子王仕花也上了岛。从此，他守着岛，她守着他。2018年7月27日，王继才在执勤期间突发疾病，倒在了开山岛的台阶上。这是他守岛卫国的第32年。"一生守岛，直到守不动的那一天"——他用一生，恪守了这句铮铮誓言。

——《守岛卫士王继才》

叁

勇立潮头 扬帆济海

当代征程

- *P100* | **苏北灌溉总渠**

修建苏北灌溉总渠,是新中国成立伊始苏北治理淮河的第一仗。全长168公里的苏北灌溉总渠1951年11月动工,一百多万苏北民工日夜奋战,1952年4月正式建成。从此,在苏北大地上横行肆虐了七百余年的淮河洪水,有了自己的入海通道。

——《苏北灌溉总渠:千里淮河终入海》

- *P111* | **终结血吸虫病**

1958年10月3日《人民日报》头版发表了毛泽东同志的诗作《送瘟神二首》,其中写道:"天连五岭银锄落,地动三河铁臂摇。借问瘟君欲何往,纸船明烛照天烧。"当年,危害长江流域及其以南地区近百年的血吸虫病,在"党组织、科学家、人民群众三者结合起来"后,终于停下了肆虐的脚步。

——《齐心协力送"瘟神"——终结血吸虫病》

- *P121* | **南京长江大桥**

"一桥飞架南北,天堑变通途。"1968年9月,南京长江大桥建成通车。它是中国自力更生建设的第一座大桥,完全由中国自行设计施工,全部采用国产材料建成,是中国桥梁建设史上的一座里程碑,是新中国自强自立、奋发图强的时代缩影。

——《南京长江大桥:中国人的"争气桥"》

- *P127* | **江都水利枢纽**

古有李冰都江堰,今有人民江都站。从1961年到1977年,历经16年艰苦奋斗,拥有远东最大排灌能力,兼有发电、航运能力的综合水利枢纽——江都水利枢纽建成,长江、淮河终于实现跨流域互调。而从"江水北调"到"南水北调",江都水利枢纽完整见证了新中国建设的辉煌历史和江苏人民的伟大创造精神。

——《江淮明珠——江都水利枢纽》

P140 "实践是检验真理的唯一标准"

1978年5月11日,《光明日报》发表特约评论员文章《实践是检验真理的唯一标准》,在全党全国范围内引发关于真理标准问题的大讨论,"对于促进全党同志和全国人民解放、端正思想路线,具有深远的历史意义"。在这场影响深远的大讨论中,江苏理论工作者做出了重要贡献。

——《春风第一枝——〈实践是检验真理的唯一标准〉诞生纪实》

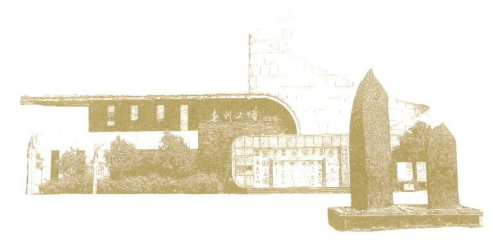

P144 春到上塘

江苏泗洪县(今属宿迁)的上塘镇垫湖村,被誉为"江苏农村改革第一村"。1978年,上塘遭受历史上罕见的旱灾,大部分田地绝收。面对困境,上塘人毅然冲破束缚,自发实行包产到户。1980年,上塘公社取得了前所未有的大丰收。1981年3月4日,《人民日报》刊发通讯《春到上塘》,对江苏农民的创举给予充分肯定。上塘公社的大胆实践拉开了江苏农村经济体制改革的大幕。

——《春到上塘:江苏农村改革的先声》

P149 无锡堰桥

1982年,中国农村正在逐步推广家庭联产承包责任制。这一年,在江苏无锡堰桥乡——一个乡镇企业发达的苏南小镇,由于不少企业长期经营困难,乡党委突发奇想:能否把承包责任制运用到企业,从而改善经营?当时,关于乡镇企业的承包在全国尚无先例,中央和省里也没有任何文件。于是,堰桥决定做"第一个吃螃蟹"的地方,也因此,这里成为乡镇企业的"小岗村"。

——《无锡堰桥:乡镇企业的"小岗村"》

P154 为农民办好事

全国各地各级党委、政府每年公开承诺和落实为群众办好事、办实事的传统,始于改革开放之初的江苏省沙洲县(今张家港市)。当时,沙洲县委在大力发展农村经济的同时,积极倡导在全县县、社、队三级干部中广泛开展为人民群众,特别是为农民办好事的活动,围绕衣、食、住、行、婚姻、保健和文化娱乐等方面逐项落实,深受群众拥护,充分践行了党"全心全意为人民服务"的庄严承诺。

——《办好办实农民"急难愁盼"事》

P159 | 金陵饭店

曾经的"华夏第一高楼"——金陵饭店,今天仍矗立于南京繁华市中心新街口,它不仅是城市地标,更是中国改革开放的时代坐标。在30多年前的南京乃至全中国,它的诞生有着石破天惊的反响——作为改革开放的先行者,金陵饭店创造性地走出了一条中国人自己管理现代化国际酒店的成功之路,成为一个让世界看到中国的窗口。

——《金陵饭店:勇立潮头,缔造"华夏第一高楼"》

P166 | 耿车模式

20世纪80年代,农村乡镇企业"异军突起",宿迁县耿车乡的"耿车模式"与"苏南模式""温州模式"等并称中国区域经济发展的样板。从凭借废塑产业脱贫致富,到90年代改革经济体制;再从21世纪初生态环境恶化,到改变发展理念再度转型,发现电商新机遇,时代、路径在变,但耿车人探索创新、艰苦创业的精神,始终不变。

——《"耿车模式"的前世今生》

P172 | 昆山之路

20世纪80年代,受中央政策启发,昆山决定自费开发工业新区,在省委省政府的支持下,昆山经济技术开发区成立,昆山人由此闯出一条"艰苦创业、勇于创新、争先创优"的"昆山之路",声名鹊起。90年代,昆山经济技术开发区正式进入国家级开发区序列,开创了升格先例。从一个传统的农业县到连续20年蝉联全国百强县第一,昆山发生了翻天覆地的变化,成为江苏率先发展的典型。

——《"闯"出来的"昆山之路"》

P177 | 苏州工业园区

苏州工业园区是中国和新加坡的重要合作项目,被称为"中国改革开放的重要窗口""国际合作的成功范例"。在30年的发展历程中,苏州工业园区实现了从"水乡阡陌"到"现代化产业新城"的变迁、从"学习借鉴"到"品牌输出"的跨越、从"世界工厂"到"全球化配置资源"的转型、从"现代工业区"到"绿色生态城"的蝶变。今天的园区已是当前中国经济和产业前沿水平的代表,肩负着建设世界一流科技园区的使命。

——《苏州工业园区创建始末》

- **P182 | 张家港精神**

  张家港，地处苏州北部，原本经济结构单一，以农业为主。改革开放以来，张家港人拼抢机遇，担当实干，在实践中孕育形成了"团结拼搏、负重奋进、自加压力、敢于争先"的"张家港精神"，创造了一个个发展奇迹，实现了从"苏南边角料"到"中国明星城"的精彩蝶变。

  ——《敢为天下先的"张家港精神"》

- **P197 | 宁海之约**

  每年开学季，云南省丽江市宁蒗彝族自治县都会迎来一批江苏海安（南通的县级市）的支教老师。远隔万水千山的两座城市，却有一个延续了37年的约定——"宁海之约"。由此，一批批海安老师满怀热愿，从黄海之滨奔向数千里外的小凉山，他们为大山深处带去的不只是知识，更是一种精神、一种希望。

  ——《一个延续三十七年的约定》

- **P204 | 马庄样板**

  马庄，地处徐州市东北郊，一个典型的城郊型村落。从20世纪80年代一个毫不起眼的贫困村，到如今生产、生活、生态都走上绿色发展道路的"全国文明村"，马庄硬是在苏北欠发达地区打造出一个集经济、文化和民俗观光特色于一体、全国闻名的"马庄品牌"。"马庄经验"也成为习近平新时代中国特色社会主义思想在农村基层的生动实践。

  ——《马庄：探索乡村善治之路》

- **P210 | 西港特区**

  在柬埔寨西哈努克省波雷诺县，坐落着蓬勃发展的西哈努克港经济特区，被称为"中柬务实合作的样板"。西港特区是由江苏无锡的红豆集团牵头，联合中柬企业共同投资打造的首批国家级境外经贸合作区，也是柬埔寨目前建设的规模最大、就业人口最多的经济特区。它的建设和成长，不仅生动诠释了"一带一路"共商共建共享的原则，同时见证了中柬两国"友谊之花"的美丽绽放。

  ——《西港特区：荒芜之地开出中柬"友谊之花"》

初心如炬映征途
青春无畏追光行

江苏
红色经典
故事

初心如炬

中共江苏省委党史工作办公室 编著

江苏凤凰文艺出版社

图书在版编目（CIP）数据

初心如炬：江苏红色经典故事 / 中共江苏省委党史工作办公室编著. -- 南京：江苏凤凰文艺出版社, 2025.3. -- ISBN 978-7-5594-8818-3

Ⅰ.I25

中国国家版本馆CIP数据核字第20245EU696号

初心如炬：江苏红色经典故事

中共江苏省委党史工作办公室　编著

出 版 人	张在健
责任编辑	傅一岑　张　婷
装帧设计	融蓝文化
责任印制	杨　丹
出版发行	江苏凤凰文艺出版社
	南京市中央路165号，邮编：210009
网　　址	http://www.jswenyi.com
印　　刷	南京新洲印刷有限公司
开　　本	718毫米×1000毫米　1/16
印　　张	14.5
字　　数	144千字
版　　次	2025年3月第1版
印　　次	2025年3月第1次印刷
书　　号	ISBN 978-7-5594-8818-3
定　　价	55.00元

江苏凤凰文艺版图书凡印刷、装订错误，可向出版社调换，联系电话 025 - 83280257

《初心如炬：江苏红色经典故事》编委会

主　任　于　阳

编　委　吴逵隆　杨中华　缪　毅　夏国兵

主　编　田艳丽

副主编　姚江婴　杨　洪

初心如炬：江苏红色经典故事

目录

★ 为有牺牲多壮志

002　"八号门事件"与江苏第一个党组织

007　侯绍裘：以最多数人之最大幸福为人生的最终目的

013　陈延年：站着就义的江苏省委首任书记

017　张太雷初次亮相国际舞台

023　江海平原播火种
　　　——中国工农红军第十四军

027　半个世纪的等待
　　　——寻踪革命先驱许包野

031　恽代英守义十年报亡妻

037　郭纲琳：生如夏花，璀璨无瑕

045　为民造福"宋公堤"

051　大胡庄连：以身殉国英雄连

055　无声的功勋
　　　——记奋战在苏鲁交通线上的交通员

060　血战塘马：一场气壮山河的突围战

064　两封平安家书与一场血战
　　　——记刘老庄连八十二烈士

071　高邮战役：拔除华中解放区中心最后一个日伪军据点

076　日夜兼程赴淮安，共商良策斗顽敌
　　　——粟裕与苏中战役

082　巾帼岂无翻海鲸
　　　——记中共南京地下市委书记陈修良

088　一根小竹竿，漫漫支前路
　　　——记淮海战役的群众支前运动

093　渡江战役：靠老百姓用小船划出来的胜利

★ **敢教日月换新天**

100　苏北灌溉总渠：千里淮河终入海

106　杨根思：志愿军第一位特级英雄

111　齐心协力送"瘟神"
　　　——终结血吸虫病

116　英雄王杰：以生命赴使命，把青春献人民

121　南京长江大桥：中国人的"争气桥"

127　江淮明珠
　　　——江都水利枢纽

132	一稻济苍生
	——记农民水稻专家陈永康

★ 踔厉奋发谱新篇

140	春风第一枝
	——《实践是检验真理的唯一标准》诞生纪实

144	春到上塘：江苏农村改革的先声

149	无锡堰桥：乡镇企业的"小岗村"

154	办好办实农民"急难愁盼"事

159	金陵饭店：勇立潮头，缔造"华夏第一高楼"

166	"耿车模式"的前世今生

172	"闯"出来的"昆山之路"

177	苏州工业园区创建始末
182	敢为天下先的"张家港精神"
187	赵亚夫：把成绩写在大地上
193	"仙鹤姑娘"徐秀娟
197	一个延续三十七年的约定
204	马庄：探索乡村善治之路
210	西港特区：荒芜之地开出中柬"友谊之花"
215	守岛卫士王继才
222	后　记

★

── 为有牺牲多壮志 ──

"八号门事件"与江苏第一个党组织

陇海铁路徐州西站货场内，常年人声鼎沸，喧闹繁忙，却于一隅设有一块"八号门事件旧址"纪念碑，静静地诉说着从八号门燃起怒火，到引发陇海铁路大罢工，再到江苏第一个党组织——中共陇海铁路铜山（徐州）站支部成立的一段惊心动魄的历史。

1915年，陇海铁路修到徐州，在北城门外修建了火车站。彼时，徐州城区为铜山县所辖，因此取名铜山站。铁路系清政府向法国、比利时借债修筑而成，故洋人掌握着铁路的行政、人事和财务大权，任意欺凌中国工人。1921年2月，法国人若里担任陇海路机务总管后，对工人尤为"峻厉"。工人们只得成立"老君会"报团取暖。铜山站有个八号门，是机务厂用来控制工人上下班时间的专用门。1921年11月8日下午，劳累了一天的工人们急于回家，八号门却闭锁不开。工人苦请无果，遂群起与司门争辩，最后工人冲开栅门一拥而出。路方不问青红皂白，诬称工人聚众闹事，宣布开除冲在前面的工人柴凤祥、

八号门旧址

王辅。

"八号门事件"点燃了工人们长期压抑的怒火。铜山机厂"老君会"领头人立即集会,决定发起罢工。为取得全路工人的支持,又派人前往开封、郑州、洛阳等站介绍事件真相,约期举行联合罢工。各地铁路工人对洋人压迫工人的行径极为愤慨,表示支持铜山站工人的斗争,强烈要求路局恢复被开除工人的工作,否则全路将于11月20日实行同盟罢工。11月17日,陇海铁路洛阳西厂又发生洋人压迫工人事件。洛阳铁路工人派代表到郑州与陇海铁路当局交涉,提出不准虐待工人,撤换若里等要求,反遭路局训斥。11月20日晨,铜山站全体机务工人率先罢工。负责人姚佐唐宣读了罢工宣言,历数洋人虐待工人的10条罪状,

○隴海鐵路機師罷工詳情（徐州通信）

隴海鐵路機師，於二十日全體罷工，要求加工資及不准虐待等情，已略誌前報，茲悉其罷工原因，係由該路機務總管西人若里氏，對於工師處罰不善，動輒裁人、不能平允，以致激成罷工風潮，該機師罷工後，即推舉代表、提出條件，要求容納，並印發傳單，茲撮錄於後，機務總管若里氏，自接辦以來，諸般變更，司機行車油炭不足（然燒車軸，即行重罰，每月罰歟，竟逾月工資之半數），擦車不給棉紗，機器破污，即行重罰，現均用破衣擦洗機械云云，其所要求條件，（一）若里總管不准剋工錢料，薄待工人，（二）因八號門證事被革之人，免究復職，此門不准任意鎖閉，（三）機器照常條洗，（四）各廠材料、照應用數目、核算實發，（五）行車油炭棉絲、照前考

报载陇海铁路大罢工消息

号召工人为"反虐待""争人格""光国体"斗争到底！中午12时，开封、洛阳等处来电，告知均亦罢工。午后，全路各站工人举行罢工誓师大会，宣布陇海铁路全线大罢工。当晚，中共北京地委在李大钊主持下召开紧急会议，决定派中国劳动组合书记部北方分部主任罗章龙前往洛阳指导罢工运动。21日，

罗章龙抵达洛阳，安排召集各站工人成立罢工委员会，统一领导罢工，并提出复工条件，表示："不达目的，绝不复工！"

陇海铁路瘫痪后，当局惊慌失措，函电交加，"恐蔓延愈甚，他路亦将传染""急令陇海路督办施肇曾前往查办"。陇海铁路工人在共产党的领导下，众志成城，毫不退缩，迫使当局改变态度。11月26日，铁路督办和路局代表同罢工委员会谈判，正式签订了包括撤换若里、加薪、保护工人人格等10项条款的协议。

11月27日，陇海铁路全线复工，历时7天的大罢工胜利结束。12月2日，上海《申报》报道了复工盛况："开车时，各转运公司均派代表在站欢送……又燃鞭炮十余担之多，烟火弥漫，对面不见。"尤其令人振奋的是，一直试图拖延时日的路局方面迫于压力，不得不于次年2月免去了若里的职务。陇海铁路大罢工取得了彻底的胜利。这次大罢工，路局方面损失约38万元之巨，帝国主义者和官僚军阀遭受了沉重的打击。中共中央局书记陈独秀写信给罗章龙，称赞陇海铁路罢工"横亘中州，震动畿辅，远及南方，这是我党初显身手的重大事件"。

1922年春，中国劳动组合书记部派干事、共产党员李震瀛到陇海铁路指导工人运动，筹建党组织。不久，李震瀛在铜山车站发展姚佐唐、程圣贤、黄钰成等工人入党，建立了江苏第一个党组织——中共陇海铁路铜山（徐州）站支部，属中共北京地委领导，姚佐唐任支部书记。此时，距中国共产党正式成立仅半年多。

姚佐唐（左）与王荷波（中）、罗章龙（右）在1924年的合影

"八号门事件"引发的陇海铁路大罢工是中国共产党初创时期直接领导的一场前所未有的大规模罢工斗争，也是全国工人运动第一次高潮的前奏，充分体现了共产党人和工人阶级勇往直前的斗争精神，扩大了党在全国的政治影响。

（姚江婴　整理）

侯绍裘：以最多数人之最大幸福为人生的最终目的

"指天誓日语分明，功罪千秋有定评。此后信陵门下士，更从何处觅侯生？"这是著名的革命诗人柳亚子在他的战友、中国共产党早期的革命活动家侯绍裘牺牲后，写下的悼念诗篇。

侯绍裘，字墨樵，1896年出生于江苏松江（今属上海）。1918年，怀抱"实业救国"理想的侯绍裘考入上海著名学府——上海工业专门学校（上海交通大学的前身），攻读土木工程专业，前途一片光明。但五四运动的爆发，彻底改变了他的命运。经过五四运动的洗礼，侯绍裘看到了工人阶级的强大力量，并开始关注工人阶级和工人运动。1919年夏，侯绍裘和同学一起创办了上海学联工界第一义务学校，后命名为南洋义务学校。在此期间，侯绍裘开始阅读进步期刊《新青年》，思

侯绍裘

想发生"急激的变化"。随后,他发动同学组织演讲团上街演讲,成立"九人书报推销处"传播进步思想。这些爱国行动引起了当局的不满。1920年,学校以"举动激烈,志不在学"为由开除了侯绍裘。他也由此走上了革命救国之路。

1921年夏,侯绍裘回到松江,和他的小学老师朱季恂多方筹款,变卖家产,共同接办了濒临停办的私立景贤女校,改名为松江景贤女子中学,侯绍裘亲任教务主任。他向学生宣传新思想,提倡妇女解放,培养学生具有健全的人格、完备的知识,引导青年走向革命道路。侯绍裘在圣经学校益德会智育部讲演《我们该做怎样的青年》中提出:我们第一须先确立我们的人生观,要使我们的人生观是社会的而非个人的,要认定一个人不是为一己而生,是为社会为人类而生,以最大多数之最大幸福为人生的最终目的最大责任,而以尽此责任为乐。

侯绍裘大力提倡学生了解各种社会新思潮,努力使学生走在时代的最前面。从1923年起,他连续几年邀请当时政治界、文化界、教育界的知名人士来校做报告。先后应邀来演讲的有共产党人恽代英、萧楚女、沈雁冰、施存统、邵力子、杨贤江、沈玄庐;国民党人于右任、吴稚晖、叶楚伧;还有柳亚子、陈望道、杨杏佛、周建人、叶圣陶、吴研因,等等。沈雁冰两个暑假都来做关于新文学的报告。恽代英、萧楚女的演讲生动有力,给景贤学生和松江青年留下了深刻的印象。

1923年,侯绍裘先后加入国民党和中国共产党。此后,他以国民党员的公开身份秘密从事共产党和共青团的发展工作。

1926年1月,江苏省旅粤人士欢迎江苏出席国民党二大代表,
第二排左三为侯绍裘

1926年1月,侯绍裘在国民党第二次全国代表大会上揭露国民党右派的背叛行为,引起了国民党右派的仇恨。3月12日,南京举行中山陵奠基典礼时,右派分子雇佣200多名流氓打手围攻侯绍裘等人。侯绍裘派人保护代表们后撤,自己则挺身而出,惨遭殴打,当场不省人事。6月,上海的国民党右派势力抬头,侯绍裘按照中共上海区委指示,肩负起主持国民党江苏省党部工作的重任。

1927年3月,上海工人第三次武装起义胜利后,侯绍裘当选为上海特别市临时市政府委员。3月24日南京光复,中共中央及上海区委决定派侯绍裘前往南京,加强党的领导。随后侯绍裘带领国民党江苏省党部由上海迁至南京，旋即参加江苏省政府的筹建工作，组织南京民众与国民党右派进行斗争。经过艰苦而有效的工作，南京的革命形势迅速发展，而蒋介石却为建立独裁政府、镇压革命人民，进行秘密的策划准备。

侯绍裘敏锐地感觉到，一场巨大的危机正慢慢逼近。他发出号召："暴风雨就要来了，有些人的面目越来越清楚，我们不能再坐着不动了。""革命总是要付出代价的，总是有牺牲的。我们不怕牺牲，我们要组织力量和敌人对抗！"与此同时，他要求南京的党团员抓紧组织力量，对反革命的行为予以反击。

4月9日，蒋介石在上海布置好"清党"的计划后抵达南京，国民党右派按预谋立即派流氓打手闯进国民党省、市党部临时办事处肆意打砸，暴力绑架了省党部执行委员张曙时、黄竞西等人。同时，南京市总工会也被捣毁。尽管侯绍裘已得到了暴

1927年3月29日，侯绍裘（后排左二）参加上海特别市临时政府就职典礼

徒要暗杀他的密报，但他无所畏惧。当天晚上，侯绍裘不顾同志们的劝阻，主持南京各革命团体紧急会议，决定第二天上午召开群众大会进行请愿示威。

4月10日上午9时，约10万群众参加了"南京市民肃清反革命派大会"。侯绍裘代表省党部愤怒谴责反动派的反革命罪行，强烈要求惩办肇事者，释放被无辜扣押的同志，封闭伪劳工总会。会后，由省党部执行委员刘重民等人率队前往国民革命军总司令部，向蒋介石请愿。由于反动派的血腥镇压，请愿示威失败了。

为与国民党反动派展开斗争，侯绍裘决定召集省、市党部和市总工会等革命团体的主要负责人当晚召开紧急扩大会议，研究应对蒋介石反革命政变的措施、反蒋宣传等问题。侯绍裘临出家门，9岁的儿子扯住他的衣角说："爸爸别走！"一旁的妻子眼里写满了担忧。侯绍裘抚慰他们说："你们别害怕，革命一定会胜利，我会回来的！"谁知，这一别竟成永诀。

会议在党的地下交通处大纱帽巷10号召开，参加此次紧急会议的有：侯绍裘、谢文锦、刘重民、张应春、许金元、陈君起、文化震、刘少猷、钟天樾、梁永、谢曦等。由于不慎泄密，会场被敌人发觉。凌晨2时，50多名侦缉队便衣将会场包围，除刘少猷跳墙脱险外，其余10人全部被捕。

在狱中，国民党反动派对侯绍裘、谢文锦等人进行了极其残酷的刑讯，但他们始终英勇不屈、顽强抗争，表现出了共产党员的高贵品质和大无畏的革命精神。反动派还以出任"江苏省主席"为诱饵，企图招降侯绍裘。但他志坚如钢，毫不动摇。

南京九龙桥旧影

几天后,蒋介石密令将侯绍裘等人全部处死。刽子手将他们残酷杀害后装入麻袋,用汽车运至通济门外,趁着夜色投入九龙桥下的河水之中,毁尸灭迹。烈士的鲜血染红了秦淮河水。这年,侯绍裘只有31岁,他用生命践行了自己的诺言:"以最多数人之最大幸福为人生的最终目的。"

(杜秀娟 整理)

陈延年：站着就义的江苏省委首任书记

1927年6月底7月初的一天，国民党反动军警将一位年轻的革命者押至龙华刑场。面对屠刀，这位革命者镇定自若。敌人喝令他跪下，他傲然回应：革命者只有站着死，决不下跪！行刑士兵强把他按下，但一松手，这位革命者竟一跃而起。惊骇间，敌人一拥而上，残忍地用乱刀将他砍死。这位站着从容就义的革命者就是中共江苏省委首任书记——陈延年。

陈延年，又名遐延，陈独秀长子，1898年生于安徽怀宁。他五六岁入私塾，记忆力超强。因从小身体壮实，皮肤黝黑，不苟言笑，人称"黑面武生"。1915年，陈独秀安排陈延年和小他4岁的弟弟陈乔年赴沪。兄弟俩先在上海法语补习学校习法文，1917年一同考入震旦大学法科。陈独秀对兄弟俩要求严苛，晚上就让他们睡在《新青年》杂志发行部（亚东图书馆）的地板上，后又让他们外出打工。看到兄弟俩以大饼充饥，生水解渴，薄衣御寒，面色憔悴，"人多惜之，而怪独秀之忍也"，但陈独秀坚持"少年人生，听他自创前途可也"。兄弟俩也倔

陈延年　　　　　　　　陈乔年

强地表示自食其力，决不依靠任何接济。在大上海的风云激荡中，陈延年曾说："读书虽多，而不能为天地立心，为万民立命，和文盲有什么两样？"

1919年12月，兄弟俩赴法国勤工俭学。在法期间，陈延年摒弃了原先信仰的无政府主义，转而笃信马克思主义。1922年6月，陈延年与赵世炎、周恩来等一起创建了旅欧共产主义组织——中国少年共产党，担任宣传部部长，并负责编辑出版机关刊物《少年》月刊。《少年》深受华工和留学生的喜爱，被称为"巴黎的《新青年》"。同年秋，经越南籍法共党员阮爱国（即胡志明）介绍，陈延年加入法国共产党，不久转为中共党员。

1923年春，陈延年被派往莫斯科东方大学学习。1924年，陈延年回到上海。同年秋，陈延年被派赴广州，先后任社会主

陈延年在法国主编的中国少年共产党机关刊物《少年》

义青年团中央驻粤特派员、中共广东区委秘书兼组织部部长。不久，接替周恩来任中共广东区委书记。

陈延年干劲十足，人称"开疆辟土的拖拉机"。他派遣大批同志赴广东、香港、广西、闽南等地开展革命活动，建立党组织。他注重加强党的建设，健全区委领导机构，建立党课制度，被誉为"赋有特殊组织才能之人物"。1924年11月，他协助周恩来建立海陆军大元帅府铁甲车队。1925年6月，他又和邓中夏、苏兆征等人一起领导了省港大罢工。

陈延年生活非常俭朴。他给自己立下"六不"原则，即"不照相，不看戏，不闲逛，不上食馆，不讲穿着，不作私交"。同志们回忆说他吃得坏，穿得坏，革命不成功不谈恋爱，兄弟俩都是"清教徒"。陈延年常出入工棚，遇到工人生病或有急事，就帮忙出车，挣的钱悉数交给车夫。当时的香港《工商日报》

据此曾发表"共产党干部当黄包车夫"的新闻。

在革命斗争实践中，陈延年善于正确估计形势、把握时机果断决策。他曾报告党中央，要求坚决抛弃对国民党右派的妥协退让政策。谈起陈独秀的错误，他曾急恼地说：(陈独秀)看不出蒋介石的阴谋，看不见工农的力量……

1927年春，陈延年赴武汉参加中共五大时，被调任为中共江浙区委代理书记，后冒险"逆行"赶赴上海。6月，中共中央撤销江浙区委，分别成立江苏省委和浙江省委。26日上午，江苏省委在上海施高塔路恒丰里104号召开会议。王若飞代表中共中央宣布江苏省委成立，陈延年被任命为省委书记。下午，陈延年等回恒丰里研究工作，突然一群荷枪实弹的军警冲进室内搜捕。陈延年和众人操起板凳、举起桌子，与军警展开搏斗，以致"筋疲力尽，皮破血流，衣服等均为之撕破"，最终除两名同志逃脱外，陈延年等4人悉数被捕。

陈延年在狱中化名"陈友生"，坚称自己只是烧饭的。审讯特务看他黑脸、短衣，裤腿上扎着草绳，信以为真，遂记录："陈友生，被雇佣的烧饭师傅。"不久，陈延年身份暴露，敌人用尽酷刑，将他折磨得体无完肤，但他以钢铁般的意志严守党的机密，宁死不屈，最终被残忍杀害。

陈延年牺牲时年仅29岁。他的一生虽然短暂，却如星似电，绽放出璀璨、壮丽之光辉，于历史长河中熠熠闪耀，历久弥新。

（姚江婴　整理）

张太雷初次亮相国际舞台

1921年7月12日，在中国共产党第一次全国代表大会召开前夕，远在万里之遥的莫斯科大剧院，一位穿着西装、身材魁梧的年轻人正从容不迫地走向讲台，以中国共产党的名义，首次亮相在共产国际的舞台上。这位年轻人就是中国共产党早期领导人之一张太雷。

张太雷，江苏武进人，1898年6月17日出生，1920年10月参加北京的共产党早期组织，成为中国共产党最早的党员之一。

1921年初，张太雷奉命秘密出国，前往苏俄伊尔库茨克，参加共产国际远东书记处工作。临行前，张太雷给妻子写了一封长达2000多字的家书。信中说："我立志要到外

张太雷

国去求一点高深学问，谋自己独立的生活。我先前也有做官发财的心念……但我现在觉悟：富贵是一种害人的东西，做了官，发了财，难保我的道德不坏。"在信的最后，张太雷还特别安慰妻子，"我们现离开是暂时的，是要想谋将来永远幸福，所以你我不必以为是一件可忧的事"。为了革命，为了共产主义事业，张太雷毅然决然地踏上了漫漫征程。到达伊尔库茨克后，张太雷立即投入紧张繁忙的工作中，参与组建中国科，并被任命为中国科书记，从而建立起中国共产党与共产国际之间的直接联系。

1921年六七月间，张太雷作为中国共产党早期组织代表出席了在莫斯科召开的共产国际第三次代表大会。上海的共产党早期组织成员俞秀松也参加了此次会议。让他们万万没有想到的是，与他们先后到达莫斯科的竟然还有国内其他形形色色的所谓的"共产党"组织代表，而且有两家已经获得大会的代表证。一家是由担任过全国学生联合会负责人的姚作宾等人组织的所谓"共产党"，另一家是由北大教授江亢虎组织的"中国社会党"。在当时的情势下，如果江亢虎和姚作宾代表的组织，和张太雷、俞秀松等代表的中国共产党都被共产国际承认，那么，中国革命将面临复杂的局面。张太雷、俞秀松决定主动出击，争取最好的结局：让中国共产党取得共产国际的唯一承认。

俞秀松、张太雷分别发出《中共代表俞秀松为姚作宾问题致共产国际远东书记处声明书》《张太雷、俞秀松给季诺维也夫的信》，强烈抗议大会资格审查委员会承认姚作宾、江亢虎

张太雷（后排左五）在共产国际三大上与部分代表合影

的代表资格。在这关键时刻，共产国际派驻远东的全权代表舒米亚茨基给予了中国共产党很大的支持。舒米亚茨基帮助张太雷完成了《致共产国际第三次代表大会——中国共产党代表张太雷同志的报告》。这份报告指出，只有中国共产党是以马克思主义为指导的无产阶级政党，而江亢虎、姚作宾所代表的组织的目标和原则同共产主义是背道而驰的。而后，舒米亚茨基力挺了这份报告，称"这份报告是按纯粹的马克思主义的方式写的，没有任何陈词滥调。它的基础乃是对各种力量和形势的严肃客观的评价"。共产国际十分重视中国共产党代表们的意见，经过研究，果断地收回姚作宾、江亢虎的代表证。这次历史性的胜利，使共产国际第一次确定了中国共产党是代表中国无产阶级唯一合法的共产主义政党。

7月12日，是共产国际第三次代表大会的最后一天，莫斯科大剧院5000多个座位无一虚席，连走廊里都挤满了人。列宁、季诺维也夫、布哈林及大会主席团成员都出席了会议。会议安排张太雷在大会上代表中国共产党做演讲。这是中国共产党代表第一次向全世界发布宣言，张太雷、俞秀松等在会前精心准备了长约1.5万字的《中国共产党致共产国际第三次代表大会的报告》。可在会议进行了一个多小时后，大会执行主席突然宣布：大会主席团鉴于发言人多和时间关系，每位代表发言不得超过5分钟。突如其来的变化，让人措手不及。张太雷没有丝毫的慌乱，迅速整理思路，试图把1.5万字的报告浓缩成5分钟的讲话稿。片刻，大会执行主席宣布："现在，请中国共产党代表张太雷同志发言。"在热烈的掌声中，张太雷缓步走向主席台发言席，用洪亮而有力的声音开始了他的演讲。他站在世界革命的高度谈及远东的革命问题，介绍中国共产党的状况。张太雷短短5分钟的演讲，打动了所有的代表，演讲结束时大家纷纷起立致敬，就连主席台前排就座的列宁等共产国际领导人也微笑着站了起来，为中国共产党第一次在共产国际舞台上的亮相鼓掌致意。

1925年1月，张太雷在中国社会主义青年团第三次全国代表大会上当选中国共产主义青年团第三届中央委员会总书记，出席党的四大并当选为中央候补委员。

八七会议后，张太雷主动请求去广东工作，历任中共广东省委书记兼广东省委军委书记、中共中央南方局书记兼南方局军委委员。

张太雷一到广东，立即研究制定广东全省的暴动计划，并组建了广州起义指挥机构——革命军事委员会，担任委员长。正当准备工作紧张进行时，起义消息泄露。张太雷当机立断，决定提前起义。

1927年12月11日凌晨，广州起义的枪声打响。12月12日，敌军攻占了起义军的重要阵地，并分兵直扑起义军总指挥部。张太雷闻讯，立即乘车赶赴前线指挥战斗。车在行驶中遭到敌人伏击，张太雷身中三弹倒在插着红旗的敞篷汽车中，壮烈牺牲，

张太雷领导广州起义（油画作品）

年仅 29 岁。

张太雷为"谋将来永远幸福",义无反顾、勇往直前,直至献出宝贵的生命。斯人已逝,但精神长存。张太雷崇高的爱国情怀、坚定的理想信念、无私的高尚品德和大无畏的革命精神将薪火相传、代代永续,激励着我们不断前行。

(朱梅燕　整理)

江海平原播火种
——中国工农红军第十四军

90多年前，在距国民党统治中心南京百余公里的如皋、泰兴地区，曾有一支红军武装浴血奋战、殊死搏斗，建立起通海如泰革命根据地，在中国革命斗争史上写下了不朽篇章。这支武装就是中国工农红军第十四军，是土地革命时期江苏地区唯一列入中国工农红军序列的一支正规武装。

1928年如泰五一暴动失败后，省委指示中共南通特委（后改称通海特委）"以游击战争去恢复工作"。特委及时总结经验教训，革命队伍转入游击战争，机动、灵活地打击敌人，小型武装不断建立。不到一年时间，革命形势大为好转。通海如泰地区红军武装的迅猛发展，引起中共中央的高度关注。

1929年11月18日至26日，中共江苏省第二次代表大会在上海召开，周恩来、李立三作为中央代表到会指导。大会期间，李超时、刘瑞龙汇报了通海地区的群众运动和武装斗争的情况。中央和省委领导听后认为，"南通、如泰等地区已发展到游击战争的形势"，可继续扩大红军队伍，发展游击战争。会后，

何坤　　　　　　　李超时

省委书记李维汉向中央提交了正式报告，建议在如泰成立中国工农红军，党中央同意了这一建议。

1930年3月，中共中央和江苏省委决定将原通海地区和如泰地区的红军游击队合编为中国工农红军第十四军，任命何坤为军长，董畏民为政委（后为李超时），薛衡竞为参谋长，余乃诚为政治部主任。通海红军编为第一支队，如泰红军编为第二支队，全军500余人。3月2日，公布了《中国工农红军第十四军十大政纲》。

为扩大影响，壮大军威，促进军队自身建设，特委和军部领导决定于4月3日在如皋西南乡贲家巷举行红十四军成立大会。4月3日这天，红十四军指战员，以及如皋县江安、卢港、石庄、磨头和泰兴县古溪、黄桥等地方圆七八十里的赤卫队员、农会会员、妇女会员等数万人，扛带着洋枪、土枪、大刀、梭镖、火药枪、铁叉等武器涌向会场。万众欢腾声中，红十四军正式宣告成立。从此，通海如泰地区的武装斗争进入新阶段。

红十四军一成立，即按照省委、特委提出的开展游击战争的要求，向反动军警和地主豪绅盘踞的农村集镇发起猛烈进攻。4月16日攻打如皋西南敌重要据点老户庄时，为压制顽抗之敌的强大火力，亲临前线指挥的军长何坤踩着第二大队大队长张爱萍的肩膀，依托一个草垛，用手提机枪对着敌人的碉堡猛扫。就在战士们向前猛冲之时，何坤胸部中弹倒了下来。何坤牺牲后，由政委李超时兼军长。

红十四军不断出击，捷报频传。随着军事斗争的胜利发展，通海、如泰两块游击区域不断扩大，地跨启东、海门、南通、如皋、

红十四军告工农群众书

泰县、泰兴、靖江、东台等8县，根据地中心区约125平方千米，红军主力发展到1500余人。为充实加强部队领导力量，6月，省委以正规军的编制将红十四军整编为两个师。

红十四军在江海平原纵横驰骋，地方反动当局和地主豪绅一片慌乱。为解除"心腹之患"，各种反动武装联合起来对红军发动了一次次"围剿"。尽管一师打破了敌数千军警分兵八路的"围剿"，但由于力量对比悬殊，尚不能改变敌强我弱的形势。

8月3日，特委和红十四军发动泰兴东乡5万余农民举行黄桥总暴动。由于敌强我弱，加之队伍里内奸的破坏，红十四军腹背受敌，伤亡很大，不得不撤出战斗。

黄桥暴动失败后，反动军警加紧进攻，对红十四军形成包围。为此，特委和军部将部队化整为零，编成4支游击队，在古溪、黄桥、港西、镇涛等地坚持斗争。但在敌重兵围攻之下，这些队伍不久都被打散。

通海如泰革命根据地斗争失败了，但红十四军在半年多时间近百次的战斗中，狠狠打击了国民党反动统治和地主阶级势力，宣传了党和红军的主张，传播了革命火种，为后来的革命斗争创造了有利条件。

（陈旺　整理）

半个世纪的等待
——寻踪革命先驱许包野

1982年的一天,广东澄海县委党史办公室收到一封来信。在信中,一位名叫叶雁蘋的八旬老人求助党史办,寻找自己失踪了50年的丈夫的下落。她的丈夫就是曾任江苏省委书记的革命先驱许包野。

许包野祖籍广东澄海,1900年5月出生于泰国一个华侨家庭,7岁回到祖国。1917年,家人为他娶了贤惠的农村姑娘叶巧珍为妻。许包野为妻子改名"雁蘋",并鼓励妻子读书认字。1920年4月,许包野辞别妻儿,先后在法国、德国和奥地利学习哲学。他阅读了大量马克思主义书籍,积极参加留学生的进步组织,寻求救国道路。1923年,经朱德介绍,许包野加入中国共产党,成为中共旅欧支部的一名先锋战士。

1926年,许包野到莫斯科东方大学和中山大学任教,培养了许多革命干部。他在国外学习和工作长达11年之久,不仅获得哲学博士学位,还精通法、德、意、俄、奥、西班牙等6国文字。虽然拥有稳定的工作、良好的收入和较高的社会地位,但许包

1923年10月,许包野(后排右二)与朱德(前排右四)等中国留学生在哥廷根合影

野却无时无刻不记挂着灾难深重的祖国。1931年九一八事变后,他毅然放弃了优渥的学者生活,回国投身到党的地下工作中。

此时的中国正处于极其严重的白色恐怖时期,许包野几经波折才于年底回到阔别10余年的家乡。而家中早已物是人非,父亲几年前便已离世,幼子也于7岁时夭折,只有妻子叶雁蘋还在痴痴地等着他归来。许包野对妻子充满内疚,在这短暂相聚的日子里,他尽力弥补着对妻子的亏欠,让这个支离破碎的小家又有了笑声。在家只住了10天,许包野就告别家人赶往厦门。分别那天,叶雁蘋送了一程又一程,她哪里想到,丈夫这一去竟再也没有回来。

离家后,许包野先后被任命为中共厦门中心市委书记、江苏省委书记、河南省委书记。一次次临危受命,他都坚决服从组织安排,冒着极大的风险,冷静、机智、沉着地在波涛暗涌的革命斗争中,领导恢复和重建党的组织,发展武装力量,准备武装暴动。

1935年2月,由于叛徒出卖,许包野不幸被捕,随即被押解到南京宪兵司令部看守所。敌人用功名利禄诱惑他,他不为所动;敌人用竹针扎他,用辣椒水灌他,他宁死不屈。一介羸弱书生表现出了共产党人的铮铮铁骨。长时间的刑讯,把他折磨得遍体鳞伤。1935年5月,许包野终因伤势过重,牺牲在狱中。

由于斗争环境险恶,许包野在革命工作中长期使用化名,加上敌人刻意封锁消息,他的去向、他的姓名、他的经历逐渐被历史所淹没。而他的妻子叶雁苹因从未得知他牺牲的消息,便一直心存希望寻找他的下落。这一找,便是半个世纪……

1982年,重病缠身的叶雁苹意识到自己将不久于人世,寻找丈夫下落的夙愿未了让她心有不甘。她写信给党史部门,恳请组织帮助寻找许包野。经过3年的努力和多方查找,一个忠诚于自己信仰的共产党人,从历史的尘封中走了出来。

半个世纪的思念与守候,从青丝熬成了白发,等来的却是丈夫早已为革命牺牲的噩耗,叶雁苹一生的期盼被瞬间击碎,

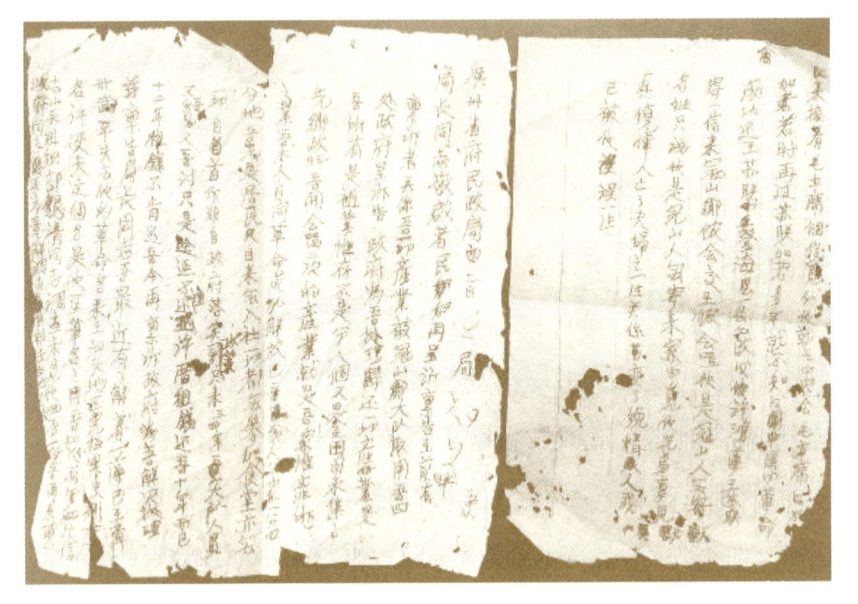

许包野妻子叶雁苹写给当地政府的信

不禁泪流满面。几个月后，老人带着深深的遗憾溘然长逝。

许包野，这位知识分子出身的革命烈士，他所拥有的学历和知识水平，在当时中国堪称凤毛麟角。他完全可以为自己谋取一份体面的职业，过上富足的生活。但他认为："共产党要的是整个世界，要共产主义的世界，不是金戒指、金镯子、金手表之类的东西，那些东西是容易得到的，要得到整个世界就不那么容易了，需要付出许多代价，要付出许多人的鲜血和生命。"这段话，不是空洞的口号和廉价的表白，而是要为共产主义事业、为人民幸福献出生命的誓言。

（杨洪　整理）

恽代英守义十年报亡妻

"葆秀,我和四妹来看你了。葆秀啊,你离开人间已有十年,我为你守义也守了十年……今天,我已是一个无产阶级革命战士了,四妹也已长大成人,也是一个无产阶级战士了。为了实现我们共同的革命理想,我希望她和我并肩战斗。你九泉有灵,会同意我的心愿吧!……"一身戎装的恽代英向着长眠于珞珈山的亡妻,低声诉说着。

恽代英

恽代英,原籍江苏武进,1895 年 8 月 12 日出生于湖北武昌,1913 年考入中华大学预科班,后进入中华大学中国哲学门学习,其间积极参加学生爱国运动。

1915 年下半年,在父母的操持下,恽代英与沈葆秀喜结连理。起初,恽代英对这门婚事十分抵触,但经过一段时间的相处,他逐渐对聪慧温柔、细心体贴的沈葆秀产生了真挚的感情。恽

沈葆秀

代英常常向妻子宣传新的思想，教她写日记、学英语，鼓励她学好本事以便将来自立。沈葆秀则积极支持丈夫学习上进，支持他创办爱国主义进步团体，以探求救国救民的真理。他们约定：待恽代英毕业后，两人不再依赖父母，过自立生活，"用全力造福社会，造福家庭"。

然而，一场突如其来的变故打破了他们的计划。1918年2月25日，沈葆秀因难产去世，年仅22岁。爱妻的突然离世，让恽代英悲痛欲绝。他在日记中写道："吾此弦已断，决不复续。向如我死彼存，彼岂能复嫁？则我岂能复娶乎？且吾昔日已与葆秀不啻要约数百回矣！"恽代英又先后给亡妻写了4封信以寄思念之情，以明独身之志。父母亲友纷纷前来劝导，然而心意已决的恽代英竟然刻了一块玉石图章，上镌篆文"葆秀忠仆"四字，以示对亡妻的忠诚。

此后，恽代英将全部的精力投入到学习和社会活动中。五四运动爆发后，恽代英立即发动武汉学生积极响应，和军阀王占元进行了尖锐复杂的斗争，领导武汉各阶层群众投入轰轰烈烈的反帝爱国运动。随后，他又参与创办利群书社、共存社，传播新思想、新文化和马克思主义。1921年下半年，恽代英加入了中国共产党，成为一名职业革命家。

1923年10月20日，青年团中央机关刊物《中国青年》在上海创刊，恽代英成为《中国青年》第一任主编。他对《中国青年》倾注了无限的爱心和精力，不仅自己经常以代英、但一等笔名发表文章，还为《中国青年》组织了一个强有力的作者队伍，使青年们明确奋斗方向，不怕牺牲，积极投身革命。在《中国青年》的影响和指引下，无数热血青年走上了革命道路，沈葆秀的四妹沈葆英就是其中一员。

沈葆秀离世后，恽代英时常来到沈家，帮沈葆秀的弟妹们补习功课，批改作业。沈葆秀的四妹沈葆英当时只是个13岁的小姑娘，但她对恽代英这位品行端正、博学多才的二姐夫十分敬佩。五四运动时期，恽代英带领同学们在湖北都督府前静坐示威，沈葆英就主动给他们送衣送饭。五四运动后，恽代英让沈葆英到自己创办的利群书社、利群毛巾厂工作，锻炼她自食其力的本领。沈葆英考进湖北女子师范学校后，恽代英又将每期出版的《中国青年》寄给她，写信鼓励她勤奋学习，认识社会，为人类解放事业而奋斗。他们虽然分处两地，但始终保持着书信往来。在恽代英的帮助和引导下，沈葆英在完成学业的同时，积极参加革命活动，于1924年加入了社会主义青年团，次年转为中国共产党党员。当沈葆英将这个喜讯写信告诉恽代英时，恽代英心里非常高兴，立即回信鼓励她要为无产阶级解放事业奋斗到底。

随着时间的推移，共同的革命理想让他们越走越近。沈葆

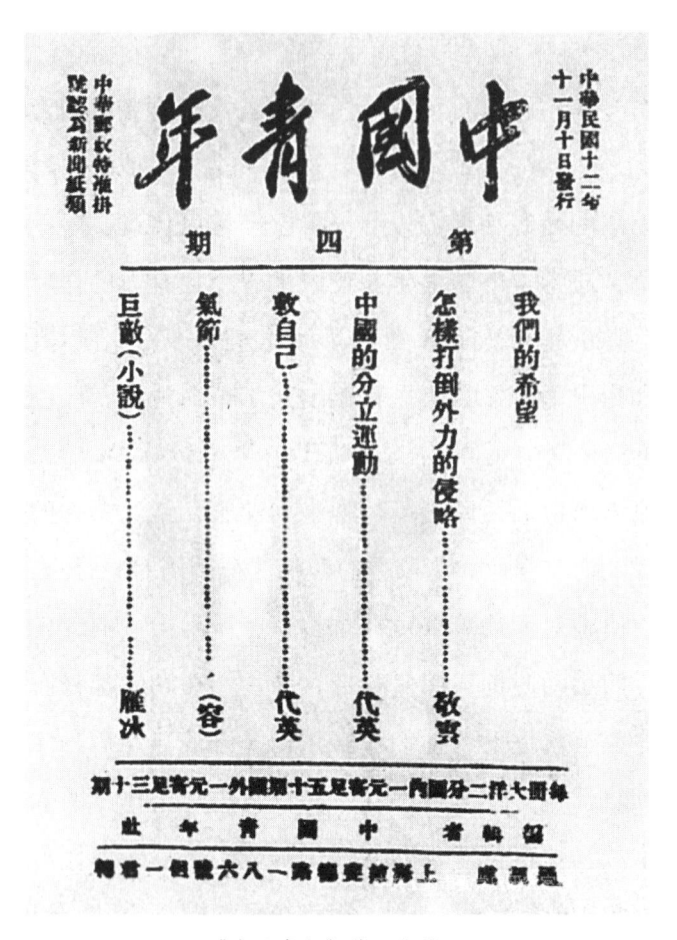

《中国青年》第四期封面

英感到自己对二姐夫的感情已经由同情、敬佩渐渐转化为爱慕，同时，在恽代英的心里也对葆英产生了一份莫名的牵挂。

1927年1月3日，恽代英从上海坐轮船抵达武汉，根据中共中央的指示参与筹建中央军事政治学校武汉分校的工作。这时，22岁的沈葆英已经师范毕业，在省立一小教书。几天后，恽代英应邀到省立一小讲演，沈葆英站在教师的行列中，静静地聆听恽代英的讲演，心中按捺不住久别重逢的喜悦。讲演完毕，两人前去珞珈山凭吊了沈葆秀。恽代英在亡妻的墓碑前说出了开头的那番话。1月16日，恽代英在位于武昌得胜桥的家中，与沈葆英举行了简朴的婚礼，结束了长达10年的"守义"。此后，两人在革命道路上共同奋斗、携手并进。

沈葆英

大革命失败后，恽代英先后参加领导南昌起义和广州起义，1930年先后调任中共沪中、沪东区委书记。1930年5月6日，恽代英在上海被捕，后被转押到南京中央军人监狱。

在狱中，面对敌人的威逼利诱，恽代英始终坚贞不屈。1931年4月29日，恽代英高唱着《国际歌》走出了牢房。行刑前，他面对刽子手，发表了最后的演说："蒋介石走袁世凯的老路，屠杀爱国青年，献媚帝国主义，较袁世凯有过之而无不及，必将自食恶果！"随着几声枪响，恽代英倒在血泊中，年仅36岁。

恽代英用自己的青春热血实现了"为了给更多的人寻找光明，我必须先走进黑暗"的承诺，用无私忘我的崇高精神和奋勇向前的实际行动诠释了共产党人的初心和使命，他"应永远成为中国革命青年的楷模"。

（朱梅燕　整理）

郭纲琳：生如夏花，璀璨无瑕

1910年2月，郭纲琳出生于古城句容的一个名门大户，因在所有叔伯姐妹排行中排第四，故人称"郭四小姐"。5岁时，郭纲琳被送到县城的郭府大院跟随祖父母生活，优裕、自在的生活令她逐渐养成了天真烂漫、开朗豪爽的性格。她待用人态度友善，遇到街坊坏男孩欺侮女孩子，会大声断喝把男孩吓跑。每到冬天，她一面嚷嚷要新衣穿，一面却把大衣分送给贫困亲友，父亲骂她是"败家子"，她却满不在乎地说：送件大衣算什么！

还是小学生的时候，郭纲琳就鬼马精灵地帮八叔逃避包办婚姻。待到年岁少长，她又帮助情同姐妹的二嫂离开郭府，解除婚约后自食其力。其时，学校里组织演文明戏。郭纲琳声音亮、个子高，举手投足落落大方，常扮演男主角。1927年，郭纲琳在句容商界、学界慰问北伐军的演出中成功饰演了《孔雀东南飞》的男主角焦仲卿，一时间成了古城的风云人物。

1931年秋，郭纲琳进入了中国公学大学部。同年，九一八事变震惊中外。公学爱国学生们积极组建新学生会，大一新生

郭纲琳

郭纲琳即当选为学生会学生活动部部长。新学生会成立后，第一件事就是由她执笔起草要求成立中国公学抗日救国会的报告。之后，她还敲响校钟，集合同学。她甩着两条小辫，戴着深度近视眼镜，慷慨激昂地登台演讲，号召大家坚决抗日！之后，郭纲琳曾三次参加上海学生到南京请愿示威的活动，每一次她都站在队伍的最前面。

1931年10至11月间，郭纲琳加入了中国共产主义青年团，同年底，正式转为一名光荣的共产党员。

日寇占领东北后，又将魔爪伸向上海。很快，一·二八事变发生，淞沪抗战随之爆发。郭纲琳奋不顾身地代表中国公学参加了中共江苏省委领导的上海大中学联的各项工作。她满腔热忱地组织"被难同学会"，收容学生；募集寒衣，救济难民；发动群众，组织抗日义勇军……她还多次跑到苏州河桥头的战地医疗救护站救护受伤士兵。

郭纲琳的情况令在上海当律师的大伯感到不安，遂写信向郭父告状说她在上海"很不安分"。郭父读信后，当即写信威胁女儿。郭纲琳毫不退让，用红水笔（表示绝交）给父亲写回信道：我再也耐不住读死书了！从此，她失掉了家庭的经济支持。

1932年4月，党组织决定调郭纲琳到上海市法南区团委负责妇女工作。郭纲琳服从党组织安排，放弃了心爱的学业，从此全身心投入革命。她化名刘英到南市美亚织绸厂担任职员。不久，就在厂里组织了左翼文研分会，为女工办起了夜校，并多次组织罢工。喜欢唱歌的她还主动编写了歌词，到社会科学讲习班上教工人们唱歌。

郭纲琳忙碌着，常常是累了一天，晚上还在被子里用手电筒照着看文件。生活上，郭纲琳却蛮不讲究。她住的房间很小，只能放一张帆布行军床和一张小桌，臭虫倒很多。她曾开玩笑说，要捉满一信封的臭虫寄给朋友。郭纲琳还把衣裳送给小姐妹们穿，弄得自己到夏天只有两件衣裳换洗。但看着女工们穿上旗袍后美滋滋的样子，她打心底里高兴。平日，曾经的"郭四小姐"就以烧饼充饥，剩下的伙食费，她不是支援工友，就是拿去买纸张、墨油印制传单了。

1933年春，郭纲琳调任共青团江苏省委内部交通。她多次躲过敌人"眼线"和搜捕，完成转送秘密文件的工作。同志们为她担忧，她笑着说：口供早就准备好了！怕什么？

1934年初，郭纲琳调任上海闸北区团委书记。同年1月12日，因叛徒出卖，郭纲琳不幸被捕。

第二天，敌人将她押解到江苏省高级法院法庭，并当即开审。郭纲琳沉着冷静，一一据理驳斥法庭的审讯。当天《大美晚报》的报道说她"态度之从容，为从来犯人中所罕见，面容冷酷，时摇头发平静之冷语。推事询其是否加入共党，摇其首称：'不知道'，语更冷淡，站立被告席中无半点忧色。"

富家千金的被捕，在上海滩引起了一阵小轰动。1月20日，郭纲琳案在上海公审。待法官、陪审员等入场坐定，玉骨丰肌的"郭四小姐"身着旗袍和短呢大衣，优雅淡定地步入法庭。法官按例问过郭纲琳的姓名、年龄、籍贯。当被指责犯了"危害民国""破坏睦邻"罪时，郭纲琳反诘道："谁丢了东北3000万同胞，谁丧失了东北三省土地，谁便是危害了民国。你们说，是我还是你们国民党？谁侵犯了邻国的土地，谁抢劫了邻国的财产，谁奸淫了邻国的妇女，谁便是破坏了睦邻。你们说，是我还是日本帝国主义？"法官们慌了神，连忙阻止说：不要再胡说了！你这样年轻，中毒实在太深了！郭纲琳又激昂地说：十九路军奋起抵抗，以血肉之躯，筑成壕堑，有死无退……任何一个有良知的中国人，怎会忍心看到山河破碎、同胞惨遭蹂躏而袖手！……郭纲琳语气时而激昂时而沉静，清秀端庄的面庞散发出不可侵犯的光芒。就这样，她完全把庭审当成了一场演讲。一位外国青年记者后来报道说："郭英（入狱后化名）——这位青年的女孩子的眼睛里有一种威严不可侵犯的光芒，比古代皇后还富于权力。"第二天，上海的《字林西报》《大美晚报》等都在头版相对客观地做了报道。

不久，郭纲琳被押至南京国民党首都宪兵司令部看守所。

在看守所，郭纲琳常写些小纸条，然后团成豆粒一般掷入铁窗，鼓励刚被传讯过的同志。家人送来食物，她吃得很少，大部分送给大家了。一次，有位女同志受了拷打，流露出悲观情绪。郭纲琳发觉后，紧紧抱住她，亲切地吻着她说：敌人可以枪杀我们的身体，这是我们无法抵抗、避免的，但我们绝不能允许敌人枪杀我们的灵魂!

其时,看守所里时兴用铜板在地上、墙上、铁床架子上磨成各种形状,再用利器刻、或用铁钉在铜板上敲击出有寓意的文字。郭纲琳也将两枚铜板一点点磨成

郭纲琳在狱中用铜圆磨成坠片,
上刻"健美""永是勇士"

心型的坠片,再在铜坠子上镌刻、敲击出了"健美""永是勇士"的字样。

不久,郭纲琳被判刑 8 年,于 1934 年 5 月被押到南京老虎桥的江苏第一监狱。当时监狱一排平房里关押着 30 多名女政治犯,有何宝珍、帅孟奇、钱瑛等。郭纲琳很快和她们一起并肩斗争。其中规模最大的一次是支持太平洋赤色职工国际书记牛兰夫妇的斗争。

监狱中的女同志,曾发起绣一条白色纺绸披肩送给即将被引渡归国的牛兰夫妇的活动。郭纲琳当仁不让地在围巾一角绣了一只矫健的大雁。她还曾在一条手绢的左上部绣上五角星,右下部又绣了英文"long live(万岁)"字样及雅致的小花束;另有 1935 年 1 月,郭纲琳在一个枕套上绣了英文:"to struggle for truth(为真理而斗争)",并在左下方配绣了一对相互依偎、亲昵着的小猫。

郭纲琳最喜欢绣的还是高洁的大雁。之前被关押在上海公安局的时候，望着铁窗外一群大雁飞过，郭纲琳对狱友说：大雁很高尚，它们合群，又守组织纪律，而且它们对待感情是最忠贞的！之后，郭纲琳还写《雁之歌》来鼓舞大家。1935年9月，郭纲琳又在一个洁白的枕套上精心绣制了一只柔婉优美、振翅欲飞的大雁，并在左下部绣上了朴拙有隶意的"起来"字样。

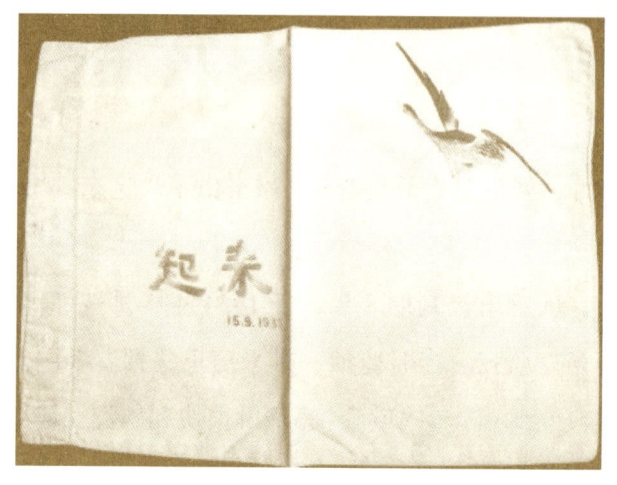

郭纲琳在狱中绣制的枕套，上绣一只大雁和"起来 15.9.1935"

郭纲琳被捕后，嫂嫂、妹妹等亲友都来劝她"悔过"。直至有一次，纲琳郑重地对嫂嫂等人说："你们如果要帮敌人在精神上枪毙我，我便不是你们的妹妹了！"大哥郭纲伦为了她四处奔波，终于请托到了两位国民党中央委员同狱方交涉，条件是出狱后放弃政治主张即可。郭纲伦遂写信给妹妹，希望她一定不要再错过机会了。

1935年8月26日，郭纲琳在狱中给大哥写了回信。为了不让兄长过于失望，郭纲琳先是聊心境、谈求些知识（在狱中，郭纲琳仍坚持读马列原著、学习外文），各种铺垫，直至平和地表达出了自己的高洁心志："所以你要我做的，我是不能给你圆满的回答。并我该告诉你：'我不愿造一点点罪恶在我生命中。'伦兄！请你原谅我不能屈伏在一个无罪而加上有罪的名义下来遵从你。"话既已说明白，就可以轻松快活地大谈买肉吃，以及月饼和粽子哪个更好的桩桩乐事了。信末，郭纲琳娇憨地让哥哥请她八月节吃月饼！要求七叔请她过节！一个活泼、天真的小妹妹形象跃然纸上，怎不令人唏嘘。

1936年9月，郭纲琳被押到了首都反省院。在反省院，郭纲琳带头不上三民主义课、拒绝唱国民党的党歌，故很快被投入禁闭室，但她仍不屈服，常吟唱心爱的歌谣《苏武牧羊》。

1937年7月1日，敌人将郭纲琳押回了宪兵司令部看守所，关进被称为"等死台"的甲所11号。敌人对她多次严刑拷打：上老虎凳灌辣椒水，用劈破的毛竹毒打她，还用铁扛子压她，直到她昏过去又用冷水浇她……受刑后，郭纲琳仍用鲜血在墙上书写革命口号。恼羞成怒的敌人将她反绑悬吊起来，并对她进行人身侮辱，她则艰难地唱出声：雨花台，雨花台，红骨都在那里埋！

1937年7月的一天，敌人将郭纲琳等押到雨花台。郭纲琳傲然笑对行刑的刽子手，并高唱《国际歌》。

枪声响起，27岁的郭纲琳倒在血泊中……似惊鸿一般短暂，如夏花一样璀璨。

"不愿造一点点罪恶"的郭纲琳生来如同夏日之花,一路跋涉一路盛开,充盈着热烈决绝,也充盈着纯然无瑕。虽遽然而逝,但她以生命为薪燃烧绽放的璀璨花火和散发的奕奕清芳,穿越浩瀚时空,依然能令人们感受到一种恒久的美丽和一缕从未消散的清芳。

(姚江婴 整理)

为民造福"宋公堤"

"由南到北一条龙,不让咸潮到阜东;从此无有冲家祸,每闻潮声思宋公。"80多年来,这首民谣一直在黄海之滨的盐阜大地上广为流传,可以说,无人不知"宋公堤"。

老百姓称颂的"宋公"名叫宋乃德。1940年10月,黄克诚率八路军第五纵队南下来到阜宁创建抗日根据地,宋乃德时任纵队供给部部长。10日,阜宁县抗日民主政府成立,宋乃德成为首任县长。

千百年来,阜宁东北部沿海一带(今属盐城滨海)水患常发,人民饱受海啸之苦。1939年8月30日,罕见海潮侵袭时,"苏北沿海数百里,纵深尽成泽国,若干万沿海人民的生命财产毁于一旦……光是阜宁一县,死亡人口就达一万余

宋乃德

众。"海啸过后，国民党江苏省政府主席韩德勤假借修堤之名，欺上瞒下、偷工减料、中饱私囊，修了条又矮又短的堤，被讥称为"韩小堤"。1940年春，海啸复来，海堤被冲破，数万人丧生，沿海一带成了遍地盐碱的不毛之地。

寒冬的盐阜大地上，连续经历两次大海啸的沿海人民在苦难中挣扎求生。宋乃德在东坎召集爱国人士座谈时得悉此情，决心顺应民意，修筑海堤，保障人民的生命财产安全。

1940年11月23日，华中新四军八路军总指挥部（简称"华指"）刚迁至盐城，中共中央中原局书记、华指政治委员刘少奇就接到宋乃德发来的《关于批准修筑海堤的报告》，遂与陈毅等人立刻展开讨论。刘少奇指出："新政权刚刚建立，要办的事情千头万绪，但是应该先抓大事。什么是大事？凡是人民群众迫切需要解决的问题，再小的事情也是大事。"陈毅也表示："这个海堤不仅要修，而且一定要修好。有什么困难，需要支持，我们的部队一定要大力支援！"

1941年2月，宋乃德主持召开阜宁县第一届参议会，讨论关于修筑海堤的提案。许多参议员以为县政府提议修堤，不过是像旧政府一样的敛财套路而已，因而提出各种难题来反对修堤。与会人员为此展开了激烈的争论，一直持续到第二天上午，宋乃德代表政府表态，做出"修堤全部费用不由人民负担，以盐税作抵，发行100万元公债，由政府偿还"的承诺。抗日民主政府的决心和诚信终于得到大部分参议员的认同，提案通过，以宋乃德为主任的修堤委员会宣告成立。在委员会领导下，发行公债、筹集粮草、动员民工等工作迅速在阜宁全县推开。

修堤工程分两段进行，先北堤，再南堤。工程实施中，民工由修堤委员会直接征招以减少中间盘剥，工资按所完成的土方给价并经各方核实后公示，政府、部队派下来的办事人员在工地与上万民工同甘共苦、打成一片，整个的修堤经费也向所有人公开。这一切让人们对成立不久的抗日民主政府产生了前所未有的信任。大家干劲十足。

北堤工程大部沿原堤旧址修筑，从淤黄河口至头罾全长27公里，5月15日正式开工，宋乃德和修堤委员会所有成员手握

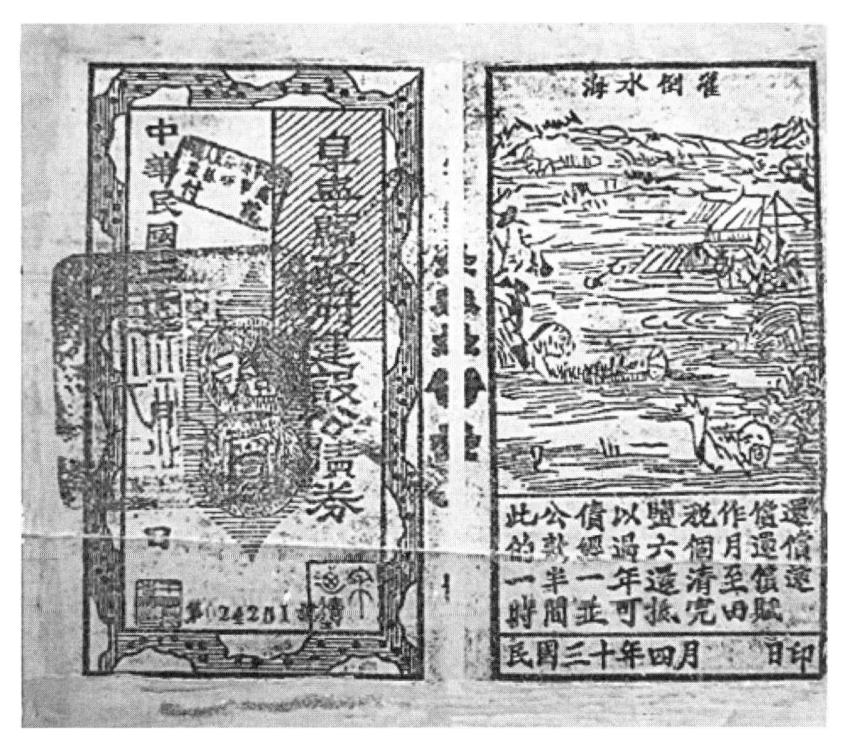

1941年4月，阜宁县抗日民主政府发行的"建设公债券"

大锹，向海堤送上第一锹奠基泥土。修堤期间，黄克诚、宋乃德等党政军领导人多次到现场视察工程进展情况。得知民工粮食和饮水困难，宋乃德迅即动员沿堤7个乡的田主从30里外运来淡水；黄克诚则将三师刚购入的12万元的军粮先行运至工地以解燃眉之急。军民齐心合力克服了种种困难，仅用了15个晴天就完成了北堤修筑任务。

南堤的修筑却一波三折、充满艰险。北堤修完后已入夏，天热多雨，蚊虫叮咬，海潮泛滥。地方士绅和修堤人员力主暂停施工，他们发电报给宋乃德征求他的意见。此时宋乃德身患疟疾，卧病在床，接到电报后心急如焚。他认为战争环境下工程容不得延宕时日，一旦停工，定会谣言四起，再要开工就难了。考虑再三，宋乃德不顾医生的劝阻，毅然冒雨涉水，赶往八滩。由于连绵的阴雨，从东坎到八滩的60里路几成泽国，水深至马腹。途中，身体衰弱的宋乃德几次倾跌入水，但他顽强坚持，终于赶到八滩，指挥民工克服困难继续修堤。由于风吹雨淋加上着急上火，宋乃德虚弱得几乎不能行走，但他依然坚持工作，直至昏倒在独轮车上，才被民工强行推回县政府。广大民工和开明绅士无不为他奋不顾身的精神所感动，决定排除万难，继续抢修海堤。

6月20日，南堤全面动工。这时，日军准备对盐阜区发动大"扫荡"，天上飞机低空盘旋，地面伪军滋扰破坏。23日，工程处监工员、县粮食局科长陈景石在尖头洋惨遭土匪绑架杀害。为稳定人心，宋乃德发表《为尖头洋之事告工人书》，揭穿日伪杀害干部、破坏筑堤的罪恶阴谋,同时让驻在附近的新四军派人守卫。民工们的情绪这才镇定下来,工程得以继续进行。在陆续克服南堤堵口工程、日伪骚扰破坏、痧症瘟疫侵袭、尖头洋第二次惨案(八滩区区长陈振东、县民运科长于欣先后遭匪徒枪杀)等诸多困难和挑战后,7月31日,长达18公里的南堤终于胜利竣工。

至此,历经77天艰苦奋战,南自扁担港,北至头罾,长达45千米、底宽21米、高7.8米的大海堤巍然屹立在黄海之滨。就在竣工的第二天夜晚,一场罕见的大海啸铺天盖地而来,水位比1939年海啸还高20厘米,冲击时间也长了20分钟。然而,任凭巨浪狂袭猛打,新海堤岿然不动,百姓安然无恙。

宋公纪念亭

海堤的筑成，根治了盐阜大地几百年来海潮、海啸的灾害，人们交口称赞新四军和抗日民主政府的功劳。阜宁沿海各界将之与宋代名臣范仲淹领导修筑的"范公堤"相提并论，称此堤为"宋公堤"，并立起"宋公纪功碑"，永远铭记以宋乃德为代表的共产党人全力筑堤、造福地方的不朽伟业。

（陈旺　整理）

大胡庄连：以身殉国英雄连

1941年初，驻淮安和涟水城的日、伪军对敌后抗日根据地展开疯狂"蚕食""扫荡"，企图寻找新四军主力部队作战，摧毁新四军各级指挥机关和抗日民主政权。

3月底，新四军第三师八旅二十四团奉旅部电令，到淮安县苏嘴镇集结，执行主力地方化和加强与改造地方武装的任务。为保证部队安全，团部派一营二连在以茭陵为中心的淮安北乡一带担任对淮安、淮阴、涟水方向的游动警戒，并作为西北方的前哨，伺机打击流窜的小股敌人。

二连是一支有着光荣革命传统和丰富作战经验的连队，不少战士都是跟随新四军第三师师长黄克诚南征北战的"老红军"。虽然是主力连，但武器弹药并不充裕。3个排只有两挺轻机枪，每个战士除了配有一支老式套筒外，仅配备了4枚手榴弹和两把刺刀。

4月23日，二连由副营长巩殿坤和连长晋志云带领进驻淮安茭陵大胡庄。经过紧张的现场勘察，二连决定在庄西北的小西场过夜，并迅速派出警戒，加强对涟水、淮安敌伪的监视和警戒，随时准备打击进犯之敌。

25日深夜，盘踞于涟水的日、伪军得知有新四军在大胡庄驻扎，紧急调集600余人，带着4挺重机枪和两门迫击炮，向大胡庄直扑过来。

清脆的枪声，划破了拂晓前的寂静。这是哨兵发现敌情，立即鸣枪报警。一场残酷的战斗就此展开。敌人组织火力疯狂向庄内扫射。面对突如其来的变故，连长晋志云沉着应战，指挥一、二排利用院墙、猪圈和房屋的窗口奋起反击，终于压住了敌人的第一次冲锋。

受到阻击的敌人不甘失败，再次集中步炮和轻重机枪一齐向二连阵地猛烈轰击、扫射。霎时，阵地上尘土飞扬，瓦砾横飞。屋顶炸穿了，院墙打塌了，圩内的通道被封死了，战士们一个接一个倒下去。然而，二连的勇士们毫不畏惧，一个倒下了，另一个顶上来继续战斗，硬是压住了敌人一次又一次猛烈的进攻。

丧心病狂的敌人为了突破二连防线，竟然施放毒瓦斯，还抢来群众的柴草，从庄北头点火烧屋。在呼呼的东北风下，小西场顿时浓烟滚滚、烈焰冲天。敌人趁着烟雾再次发起冲锋。此时，二连已伤亡过半，弹药所剩无几。面对穷凶极恶的敌人，突围已无可能，只有与敌决一死战。

战士们把心爱的枪支拆毁、砸烂，拿起刺刀、棍棒、铁锹与冲上来的敌人展开肉搏。腹部中了数弹的连长晋志云左手捂

血战大胡庄(油画作品)

着已经露出的肠子,跃出掩体,冲向敌群,拉响了最后一颗手榴弹,与敌人同归于尽。副营长巩殿坤身负重伤,在硝烟弥漫的茅屋里,用仅剩的一粒子弹击毙了一个日军军官,恼羞成怒的敌人向他投掷燃烧弹,烈火迅速将他吞噬。

二十四团团部在获悉二连遭到日、伪军偷袭以后,迅速派兵增援大胡庄,没占到便宜的日、伪军已仓皇逃去。

当军民们打扫战场时,惨烈的场景令他们悲痛欲绝,泣不成声。战士们有的尸身焦糊、面目全非,有的头颅被砍、肢体残缺不全,有的被绑在木头上、放在山芋窖上活活烧死,而副营长巩殿坤和连长晋志云的遗体已无法辨认。

在这场悲壮的战斗中,二连全体指战员面对8倍于己的敌人和悬殊的武器装备,毫不退缩,顽强地战斗至生命最后一刻。

大胡庄战斗八十二烈士纪念碑

除战士刘本诚因被毒气熏昏侥幸得以生还，其余82名指战员全部壮烈牺牲。

"天地英雄气，千秋尚凛然"。大胡庄连是中国人民不畏强暴、以身殉国的杰出代表，他们用生命和热血诠释了不屈不挠的战斗精神，将永远激励中国人民克服一切艰难险阻、为实现中华民族伟大复兴而奋斗。

（杨洪　整理）

无声的功勋
——记奋战在苏鲁交通线上的交通员

1942年3月,春寒料峭,积雪未融,淮海区党委接到一个重要的任务,护送一队人员通过苏北陇海线进入山东。此时正值日军对华中抗日根据地进行大"扫荡",为了确保安全,队伍只能昼伏夜行。在当地交通员的引导下,一行人越过敌伪层层封锁的陇海铁路,安全到达鲁南海陵县刘湾。

被护送人员中有一个化名胡服的人,正是时任中共中央政治局候补委员、华中局书记、新四军政委刘少奇。3个月后,刘少奇专门给淮海区沭宿海中心县委书记章维仁回信,肯定了他们在连接苏鲁交通方面所做出的成绩,强调一定要确保华中、华北联系万无一失。信中提到的连接苏鲁的重要通道正是抗战时期著名的红色交通线——苏鲁交通线。

全民族抗战爆发以后,短短几个月,全国多个地区相继沦陷。1938年5月徐州沦陷后,在徐州附近从华中通往华北的交通线遭敌破坏。为了打通两大抗日根据地之间的联系,苏北、鲁南地区的党组织从1938年底开始,就在不断地尝试开辟新的地下

1942年，刘少奇（前排左二）通过苏鲁交通线后与罗荣桓（前排右一）等合影

秘密交通线，并在当地群众的支持掩护下，逐渐形成了以铁路南东海县的赵庄——铁路边上的张谷——铁路北海陵县的彭宅为主干线的秘密交通线。到了1942年，这条交通线已经发展成了一条连接苏北和鲁南的可靠秘密通道，所以叫苏鲁交通线。

随着时间推移，苏鲁交通线的存在已是公开的秘密。敌人千方百计进行破坏，围绕这条交通线的斗争越来越残酷和激烈。

一大批地下交通员隐姓埋名，出生入死，穿行在苏鲁交通线上。张士敬就是战斗在这条交通线上为数不多的女交通员之一。她的丈夫刘锡九是1939年初东海县重新建党后的第一批中共党员。在丈夫的影响下，对日军残酷暴行恨之入骨的张士敬

苏鲁交通线示意图

也义无反顾地投身到抗日事业中，1940年起担任彭宅地下交通站站长。

彭宅站是路南跨越铁路到路北的第一站，担负着南北交接的重要任务。为了扫清穿越铁路的障碍，张士敬千方百计地买通铁路看守人员。她机智巧妙地散发传单、打探敌人消息、引领同志穿越铁路线，还让自己10多岁的儿子一起掩护完成任务。敌人对像张士敬这样活跃在铁路沿线的交通员们恨之入骨，悬赏通缉：逮着铁路南交通员赏大洋50元，逮着铁路北交通员赏大洋100元。住在张士敬家不远处的一个汉奸看到告示后，多次带着乡丁到张士敬家里抓人，结果都扑了个空，气得汉奸叫嚣着要把张士敬的双腿打断活埋了。此后敌人加紧抓捕张士敬。一次，张士敬险些被汉奸抓到，子弹擦着她的头顶而过，但这丝毫没有动摇张士敬抗日到底的决心。

张士敬家中只有几亩薄田，又租种了别人十几亩地，即使这样，收的粮食也只能勉强维持家人温饱。但无论条件多么艰苦，张士敬都会给往来交通站的同志们留够口粮，哪怕自己家人忍饥挨饿。有一次，她最小的孩子问她要一点煎饼，她狠心拒绝了。她告诉孩子，饼就这么多，你吃了，叔叔们来了就没有东西吃了。

正是有许许多多像张士敬这样的交通员，苏鲁交通线才得以在敌人的眼皮子底下保持畅通，源源不断地传递着重要指示、情报、文件等。他们也因此付出了巨大的代价，甚至献出了宝贵的生命。

1942年初春的一天，方庄交通站交通员方寿法接到一封急信，要求迅速送达淮海区党委。接到任务，他来不及跟妻子打一声招呼，就把信件塞入特制的棉鞋夹缝中，匆匆赶往目的地。不料，在经过悦来圩的关卡时，被卡哨中一名同乡认出，方寿法不幸被捕。作为一名经验丰富的交通员，方寿法十分清楚这封急信的重要性，他暗下决心，绝不能让信落入敌人手里。他趁敌人还没有对他全面搜身，迅速把信放入嘴中，艰难地咽下肚。做完这些，他如释重负，从容面对敌人。

在拳脚棍棒之下，方寿法已是皮开肉绽，但他嘴里始终只有3个字"不知道"。敌人恼羞成怒，找来两个犁镜尖，放入火中烧红后套在方寿法的两只脚上，方寿法疼得当场昏死过去。敌人用冷水将他浇醒后，又把他绑在一棵歪脖子柳树上，命人用刀一块一块地割下方寿法胳膊和大腿上的肉，再用铁钉分别穿入他的10个手指甲中。方寿法不知道昏死过去多少次，但始

苏鲁交通线通过的铁路桥旧址

终不肯吐露半个字。灭绝人性的敌人将方寿法身上系上绳子，投入初春冰冷的河水中来回拖拉，方寿法被折磨得奄奄一息，但偶尔睁开的眼睛中仍透露出对敌人酷刑的不屑和视死如归的决心。被捕后的第三天，凶残的敌人彻底失去了耐心，他们残忍地把方寿法杀害在军屯河边，并丧心病狂地把尸体分成5块。方寿法为了保守党的秘密，献出了宝贵的生命。

女交通员刘庭兰、敌占区党支部书记刘传钵、"抗日铁匠"李洪玉、小篓站长王品三、小新庄站孙干庭……这一个个穿行在苏鲁交通线上的英雄们，为了民族的解放、人民的幸福不畏艰险，无惧生死，毫不保留地奉献出自己的青春和热血，他们的革命精神永驻人间！

（束伟　整理）

血战塘马：一场气壮山河的突围战

1941年冬，日军突袭驻扎在溧阳西北塘马村周围的新四军，震惊大江南北的塘马战斗由此爆发。

这一年是江南抗战最艰苦之时。新四军重建军部后，苏南部队改编为新四军第六师。同年4月，六师十六旅在宜兴成立，师参谋长罗忠毅兼旅长，廖海涛任旅政委。在敌伪顽强夹击之下，十六旅孤悬江南，处境尤为艰难。10月，十六旅移驻塘马一带休整，旅部和苏皖区、溧阳县的党政机关都设在塘马。

罗忠毅

11月27日，获悉日军在句容城、天王寺和金坛城、薛埠等地增兵的情报后，旅部当晚召开紧急会议。会议研究决定通知部队，加派侦察力量，布置游击哨，明早提前开伙，并将情况通报苏皖区党委和溧阳县委、县抗日民主政府。

深夜，日军十五师团步骑炮兵 3000 余人、伪军 800 余人从溧武路沿线据点出发，分 3 路向塘马奔袭。28 日拂晓的浓雾中，十六旅西北方向的侦察人员与前来偷袭的日、伪军相遇，遂投掷手榴弹报警。几乎同时，东北方向哨兵发现敌人，鸣枪报警。紧接着，西南方向也响起枪声。

形势危急。敌已迫近，稍有差池，苏南党政军机关及十六旅在塘马的战斗人员可能全军覆没。罗忠毅和廖海涛迅速做出决定，由组织科长王直率党政军机关向东转移，部队则收缩兵力阻击，保证机关安全转移，然后伺机突围。敌人来势凶猛，兵力、火力占绝对优势；而十六旅在塘马一带的战斗人员只有 2 个营 500 人左右，又多是战斗经验不足的新兵。危急关头，罗、廖两人谁也不肯随机关转移，坚持留下来指挥部队阻敌。

战斗异常激烈残酷。指战员们见旅首长一同作战，斗志昂扬，打退敌人的一次次冲锋，将敌人牢牢钉在塘马东南的王家庄。战至上午 10 时，一颗子弹击中罗忠毅头部，他连人带枪倒在血泊中。

廖海涛听闻噩耗，嘶哑着喉咙高喊："坚决消灭敌人，为罗忠毅旅长报仇！"面对逐渐围上来的敌人，他捡起身边一位已牺牲战士的轻机枪，向敌人猛扫过去，压住了敌人。激战中，廖海涛不幸腹部中弹，他用手捂着肚子继续战斗。在短暂的战斗间隙，

廖海涛

他吃力地对身边的二营营长黄兰弟交代说:"部队由你指挥,拼死突出重围……"说完廖海涛就陷入昏迷,直至流尽最后一滴血。

敌人像潮水般涌来。指战员们被敌骑兵分开后,便在田野里、树林旁、池塘边与敌血战。子弹打光了,就拼刺刀;手中没武器,就与敌厮打、肉搏;有的索性将手榴弹近身引爆,与敌同归于尽。令日军难以置信的是,最后的爆炸声响过时,他们竟用了半天时间才攻下平坦的王家庄。

在十六旅指战员拼死奋战下,苏南党政军机关安全转移到长荡湖边的清水渎一带。旅部刚将汇拢来的80余名战斗人员组成守备连,日军就追来了。激战又持续了5个小时。守备连凭

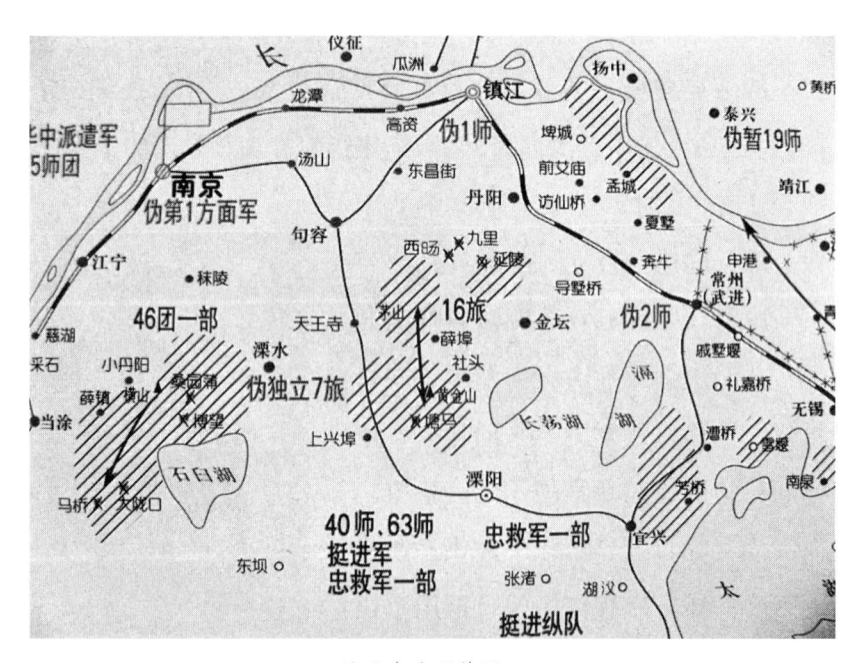

塘马战斗形势图

着誓死如归的斗志、灵活机动的战术，以及一挺重机枪、几十支步枪和一些手榴弹，连续击退敌人3次猛攻，毙伤数十人，死死守住戴家桥，为机关突出重围、脱离险境赢得了时间。

　　塘马战斗，是新四军抗战突围战斗中规模最大的一次，也是牺牲人数最多的一次。这一役，将士们临危不惧，英勇阻敌，血战竟日，无一投降，表现出英勇不屈的民族精神，也将新四军报国为民、逆境致胜铁的担当和意志发挥得淋漓尽致；这一役，十六旅以272名指战员牺牲为代价，毙伤日、伪军500余人，粉碎了敌人试图一举歼灭苏南党政军领导机关的阴谋，保存了大批骨干和有生力量，为坚持茅山抗日根据地以发展苏南敌后抗战，直至夺取最后胜利，做出不可磨灭的功绩。2009年，罗忠毅被评为"100位为新中国成立作出突出贡献的英雄模范人物"。

（陈旺　整理）

塘马战斗烈士纪念碑

两封平安家书与一场血战
——记刘老庄连八十二烈士

抗日战争时期，在淮阴刘老庄，曾发生过一场惊天地泣鬼神的血战：面对兵力火力悬殊的包围压制，全连82名官兵英勇搏杀，有死无退，最后全部壮烈牺牲。这支英雄的连队，就是新四军第三师七旅十九团二营四连，亦即著名的"刘老庄连"。"刘老庄连"82位烈士的身后，仅有连政治指导员李云鹏寄出的两封平安家书得以留存，现被珍藏于徐州沛县档案馆。

李云鹏，原名李亚光，1920年3月16日出生于江苏沛县王店乡李集村。父亲李梦祥执教乡里，颇有清誉。李云鹏幼承庭训，后考入沛县城中小学之高级部就读。目睹列强入侵，国家蒙辱，13岁的李云鹏曾痛心疾首地在课本上写下"卖国可耻，爱国光荣"8个大字，还常吟诵"大丈夫焉能久居笔砚间乎"等句。1938年5月，沛县沦陷。同年底，李云鹏参加了当地的抗日宣传

李云鹏

工作。1939年初，他在丰县华山参加了中华民族解放先锋队，随后加入中国共产党。当年，先锋队编入共产党领导的游击大队，很快又编入八路军苏鲁豫支队。1941年，李云鹏所在的连队改编为新四军第三师七旅十九团二营四连，李云鹏被任命为政治指导员。

1941年7月4日，也就是刘老庄战斗发生的一年半前，20岁出头的李云鹏给家里写了这样一封信报平安：

父母亲大人大鉴：

自儿离家已经年余，记得曾在本年四月间，于泗县郑集寄家信一封，不知大人收到否？……我已离开此地转入本省淮阴了，以致家音不能等收，儿异常为念。不知大人身体近来健康否？不知家中生活情形和收成怎样？……而现在的我，比从前粗壮而高大了，请大人不要为念。儿还在这里工作，工作也非常忙碌，可是为了——所以我之工作精神也非常兴奋。此信至家，不过慰问而已，因现无一定的地止（址）。儿现在心目中所最挂念者，以我年老悲慈之祖母。儿离家时，祖母曾染重疾。不知大人的病痊愈了否？身体健康否？不知祖母饮食起居怎样？儿心中非常挂念。……这次离家，未报此恩反而离家，是我之罪过也。待风息波静，凯然而归，全家团聚，以报此恩。儿现已将亚光改为云鹏，请父之指教之。现因时间之短促，不能再叙。

……

祝身体安康！

儿云鹏上 七月四日

李云鹏的这封家书虽用钢笔书写，却遵照传统书信格式，对尊长的称谓采取双抬头、留空、另起一行等格式，以示尊敬；提及自己的"儿""侄"字则一律于右侧方小写。不过，严谨的格式并未束缚住写信人情愫之荡漾起伏。如李云鹏到底忍禁不住，向亲人透露自己投身抗战之精神愉悦、振奋："儿还在这里工作，工作也非常忙碌，可是为了——所以我之工作精神也非常兴奋。"但出于保护家人，只略微提及就将话题转到对自己有抚育深恩的祖母身体状况上，李云鹏满怀愧疚地表示："这次离家，未报此恩反而离家，是我之罪过也。待风息波静，凯然而归，全家团聚，以报此恩。"

在之后的另外一封家书中，李云鹏倾诉了惊悉祖母逝世后的锥心之痛："正如晴空霹雳，心中悲伤，恨不能插翅飞来。男从三月母亲去世，一切都由祖母照料，不辞劳苦，把我养活成人，不孝男竟弃年迈之祖母，踏上这流浪的道路。像我这忘恩负义东西，真愧为世人！"因担心父亲牵挂自己前来探望，他恳切说明："此处地面荒乱，土匪猖獗，交通不便，皇军常常下乡扫荡与清乡，使儿也没有一定住所。待时局平靖一些，儿定回乡。此处直到徐州都是如此的荒乱，望大人切忽（勿）驾临为佳。"

就在这封满溢愧疚、惦念之情的家书寄出后数月，战斗在敌人星罗棋布的据点之间的四连连续4次袭击了棉花庄，粉碎了敌人的抢粮计划，又破坏了敌人的公路桥梁，弄得日、伪军惶惶不可终日。

李云鹏家书（部分）

1943年春,侵华日军对淮海抗日根据地进行大规模"扫荡"。3月16日,四连奋勇阻击交互包围而来的各路敌人,在掩护淮海区党政机关转移后灵活跳出包围圈。日、伪军穷追不舍。17日,四连在老张集和朱杜庄一带和敌人遭遇,激战半日,黄昏时突出重围,转移到老张集西北的刘老庄村一带。

刘老庄村是苏北平原上的一个普通乡村(今属江苏省淮安市淮阴区刘老庄镇),人不足百户。3月18日凌晨,听闻哨兵报告敌军已经潜至刘老庄南5里后,连长白思才和指导员李云鹏商量,若组织巷战,势必会让群众遭受伤亡,于是决定集合队伍向西北走,撤往村外的一条交通沟展开阻击。

上午9时许,敌人发起第一次冲锋,被坚守在交通沟里的四连官兵用重机枪、手榴弹等打退。接着,敌人又组织第二次、第三次冲锋,集中炮火对四连阵地狂轰滥炸。20多名官兵接连牺牲。在敌人进攻间隙,李云鹏和白思才一起召集干部和党员分析形势,认为敌人的人数、火力远超预计(据日军绘制的《刘老庄附近战斗经过要图》,日军仅重火力就投入了步兵第五十四联队的野炮中队、机关枪中队和大队的步兵炮小队),且交通沟是个"断头沟",突围无望,唯有硬拼!

午时,四连歼敌近百名,但自身伤亡也很大,白思才、李云鹏等均已负伤。负伤后脸色苍白的李云鹏鼓励战士奋战到底、绝不放弃,并从容写就了一份给营首长的战斗报告。报告叙述了战斗情况,并请求批准火线发展党员。

临近黄昏,全连只剩下20多人,枪弹以及手榴弹几近打光。

白思才下令迅速烧毁文件、地图；把余下的子弹集中给重机枪使用，轻机枪等全部拆散，零件埋进土里；为死难的战友蒙上面容；步枪装上刺刀，准备同敌人肉搏！夕阳西下，当敌人涌到阵地前沿，李云鹏高喊：考验我们的时候到了，和敌人拼了！杀啊！白思才、李云鹏和马汉良（排长）、刘守业（战士）等一跃而起，跳出战壕与日军展开肉搏。一时间刀光起落、杀声震天。战士们的刺刀捅弯了，就用枪托砸；枪托砸烂了，就用铁锹砍、双手掐、牙齿咬……

夜幕降临，喊杀声沉寂下来。此战，82名官兵连续作战12小时，毙敌伤敌百余人，击毙日军冲锋指挥官船越正。

82位烈士以身殉国的壮举，极大地鼓舞了敌后的抗日军民。新四军代军长陈毅撰文表彰："烈士们殉国牺牲之忠勇精神，固可以垂式范而励来兹。"八路军总司令朱德在《八路军新四军的英雄主义》一文中，把刘老庄战斗与平型关大捷、百团

"刘老庄连"连旗

大战等并列，称它们"无一不是我军指战员的英雄主义的最高表现"。

　　战斗结束一年后，李家人才得知李云鹏已牺牲。1963年，李家人从广播电台宣传播报中得知李云鹏牺牲的时间和下葬的地点。70多岁的老父亲李梦祥急切地动身前往淮阴烈士陵园。站在烈士墓前，李梦祥老人不禁热泪盈眶。那个曾允诺"待风息波静，凯然而归""待时局平靖一些，儿定回乡"后来却杳无音信的大儿子虽然食言，却是他一生最大的骄傲。

（姚江婴　整理）

高邮战役：拔除华中解放区中心最后一个日伪军据点

1945年8月15日，日本政府正式宣布无条件投降。为了捍卫人民抗战的胜利果实，遵照党中央的指示精神，新四军及地方武装迅速占领运河沿线及串场河沿线各城市，"将苏中、苏北、淮南、淮北连成一片"。到12月，华中解放区中心只剩下最后一个日、伪军据点——高邮。

高邮位于苏中运河线中部，南控扬州、北扼两淮，是大运河上的重要城镇，有"运河大门的铁锁"之称。12月上旬，国民党第二十五军进占扬州，命令高邮日、伪军等待接收。此时的高邮，驻扎着日军1100余人，伪第二方面军第四十二师4000余人，高邮南30公里的邵伯还驻有1000余日、伪军。他们自恃城高地险并屯有重兵，且有国民党撑腰，不仅对新四军令其投降的通牒置之不理，甚至出城对解放区进行骚扰，扬言要"奉命收复失地，北攻宝应城"。

为彻底歼灭残存敌军，粉碎国民党利用高邮之日、伪军向华中解放区进犯的企图，华中野战军司令员粟裕、参谋长刘先

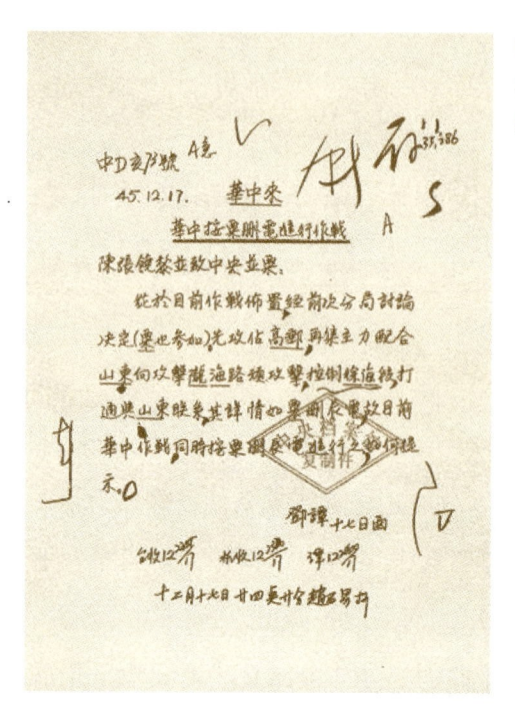

1945年12月17日，华中野战军关于同意粟裕建议进行高邮战役致中央的电文

胜签发了《华中野战军攻占高邮邵伯的作战命令》。广大指战员斗志昂扬，积极要求参加突击队，决心书、请战书纷纷送到各级领导手中。

12月19日，高邮战役打响，华中野战军第八纵队、第七纵队和苏中军区武装共15个团同时发起攻击。战斗中，指战员发扬勇猛顽强、连续作战的精神，激战一夜，20日，第七纵队攻占邵伯，歼敌近千人，切断了日、伪军南逃之路，并沿邵伯、丁沟一线构成对扬州、泰州国民党军的防御。21日，第八纵队在扫除高邮外围据点后，完成了对高邮的合围。当时，指战员一面做攻城准备，一面对守军开展政治攻势。他们用话筒喊话、挂劝降标语、用风筝发放传单，特别是"日本反战同盟"的同志来到前线，用日语劝降，播放日本人十分熟悉的《思乡曲》。这一做法十分有效。两天后，就有两名日本士兵以出城修铁丝网为名，偷偷向新四军投诚。他们还带来了一个消息：日军内部十分混乱，士兵们和部分军官认为日本天皇都已颁发投降诏书，他们再拒降已毫无意义。只是部分指挥官冥顽不悟，仍要执行上级命令，不肯向新四军投降。

此时高邮的日、伪守军已是一盘散沙。25日晚，粟裕果断命令新四军趁雨夜天黑，出其不意地从城北、城东、城南3个方向，向高邮城发起全面进攻。经过一天一夜的激战，攻进了日军城防司令部。在强大的兵力、火力威胁下，日军驻高邮最高司令官岩崎学不得不同意向新四军投降。

26日深夜11时，华野第八纵队政治部主任韩念龙受命为全权代表，在全副武装的警卫排护卫下，威严地步入日军司令部，处理受降相关事宜。只见岩崎学全副武装，挎着指挥刀，笔直地站在庭院中，十分傲慢地高声喊叫："我是大日本皇军高邮派遣军最高司令官，我只同你方最高代表谈判。"韩念龙不动声色地说："我就是我方最高代表！现在命令你们立即无条件投降！"在韩念龙堂堂威仪的震慑之下，岩崎学的嚣张气焰顿消。他又请求随身携带轻武器撤离高邮回南京。韩念龙当即予以严正驳斥，斩钉截铁地告诉他："想要得到安全，只有放下武器！无条件投降是你唯一可以选择的安全之途，除此之外的任何图谋皆无异于自取灭亡。"韩念龙的一席话，使心存妄想的岩崎

高邮战役全体战斗英雄模范合影

学只得老老实实无条件投降。他解下身上的指挥刀,向韩念龙行军礼后,双手捧着日军花名册和军械、军需登记册,毕恭毕敬地呈送给韩念龙。韩念龙接过名册,略加审阅,即命令岩崎学指定专人陪同新四军人员去广场和仓库清点交接武器等物资,另派人随同新四军到分散被围的各据点,命令顽抗的日军立即缴械投降。

这期间,粟裕及随行人员悄悄来到现场,站在中方人员中观看了受降全过程。受降仪式结束后,粟裕又不声不响地离开大院。

12月29日,粟裕接见缴械投降的日本军官。当日本军官得知受降时粟裕也在场,连连表示:不胜感激之至!不胜荣幸之至!日军司令官岩崎学此时早已没了傲气,双手捧起紫光闪闪

江苏高邮日军签字投降地点

的指挥刀,高高举过头顶,向粟裕深深鞠躬,心悦诚服地说道:"谨以这柄远祖相传的紫云刀敬献给久已仰慕大名的中国将军!"

高邮战役,共歼灭日军大队长以下1100余人(含俘虏892人)、伪军第四十二师师长以下4000余人(含俘虏3493人),创造了抗日战争中新四军一次战役歼灭日军人数的最高纪录,给了拒降的日、伪军以最有力的教训!

(杨洪　整理)

日夜兼程赴淮安，共商良策斗顽敌
——粟裕与苏中战役

1946年6月，国民党悍然发动全面内战。苏中解放区与国民党反动统治的政治、经济中心南京、上海一线隔江相望，战略地位极其重要。中原解放军突围后，何应钦、白崇禧、汤恩伯便在蒋介石的授意下，制定作战计划，准备渡江北进，消灭苏中解放区。华中野战军遵照中共中央军委关于"先在内线打几个胜仗，再转至外线"的指示，决定在苏中解放区的前沿地区江都至如皋一线，摆开战场，迎歼敌军，一场著名的苏中战役就此拉开了序幕。

1946年7月13日至7月21日，华中野战军按照既定的作战计划，迅速取得苏中战役前两战宣泰、如南战斗的胜利，这让蒋介石和他的参谋总长陈诚大为震惊。陈诚奉蒋之命，急忙跑到南通召开党政军联席会议，重新部署进攻苏北的作战计划。他们集中7个旅的兵力，以锥形阵势，由如皋、姜堰合击海安。

面对以优势兵力分进合击、步步压来的强敌，华中军区副司令员、华中野战军司令员粟裕经过长时间的反复思考，认为

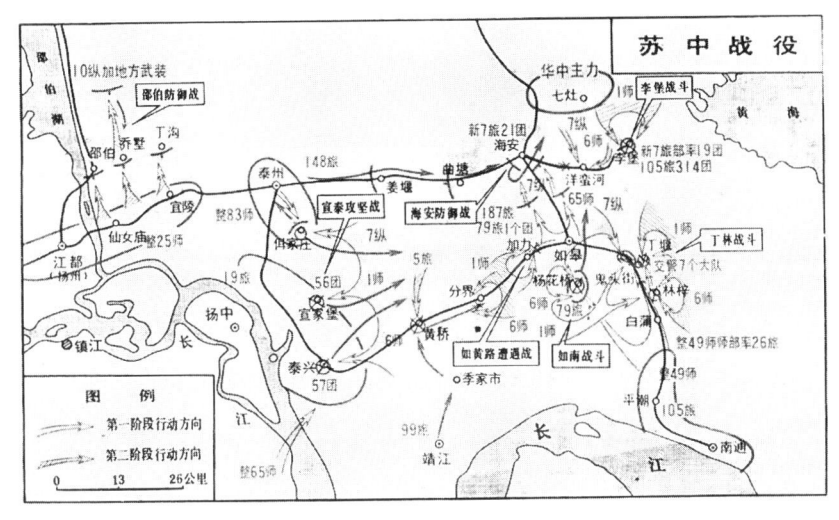

苏中战役示意图

此刻宜避敌锋芒，在海安外围组织运动防御战，杀伤和消耗敌人，赢得时间，保证主力部队休整，然后撤出海安，造成敌人的错觉和判断上的失误，利用敌人忙于调整部署，兵力分散之机，予以歼灭。

此时很多同志认为敌人没什么了不起，我们已经打了两个胜仗，为什么不敢在海安同敌人决战？海安是苏中解放区的首府，如果我们放弃海安，前两仗岂不是白打了？粟裕知道想要同志们接受自己的想法，还要深入细致地做他们的思想工作。海安一战关系到华中全局，需要慎重决策。于是，粟裕一方面部署以七纵担任海安运动防御的任务，一、六两师集结于海安东北地区休整待机；一方面决定立即赶往300多里开外的华中指挥部和华中局所在地淮安，请华中分局华中军区党委集体决议。

7月28日，粟裕和警卫员季清涛骑着摩托车从海安出发。他们经过东台、盐城到了湖垛镇，但是西边是草荡和水网地带，摩托车失去了用武之地，粟裕当即决定步行，并跟季清涛开玩笑说："从现在起要靠我们的小车了。"季清涛疑惑地问："什么小车？""11号。"粟裕指着季清涛的腿笑着说道。季清涛惊讶地瞪大了双眼，他们才走了一半的路程。粟裕却轻松地说："没多远了，坚持一下就到了！"此时，正是苏中最热的时候，汗水很快就湿透了军装。到了东沟，粟裕和季清涛乘黄包车走了一段，就到了益林县城。

军情紧急，粟裕不知道他们还要多久才能赶到淮安当面汇报，他猛然想起县政府一定有电话，可以先与淮安通个电话。

于是他们直奔县政府。这时正当午休时间，粟裕怕打扰县里同志休息，便轻声对门卫说："同志，我们想打个电话到淮安。"门卫告诉他们电话在县长屋里，并指了指县长办公室所在的方向。粟裕来到县长办公室想借用电话。听了粟裕的请求，县长上下打量了他一遍，没有让他进门，并且直接说道：

粟裕

"电线杆被洪水冲断了，打不了电话。"粟裕并没有因此感到不悦，反而顶着烈日蹲在地上和县长闲聊了起来。通过几番对话，县长得知眼前这位满身灰尘的男子，不是别人，正是大名鼎鼎的粟裕司令，连忙将他们请进屋。看着粟裕和季清涛风尘仆仆的样子，县长料想他们之前赶路肯定是吃干粮对付的，便坚持将他们留下来吃饭，虽然县政府也没有什么好菜，但至少能吃上一口热乎的。在县长的再三挽留下，粟裕留了下来。在饭桌上，粟裕给县委成员们分析了当前的形势和敌强我弱时应采取的斗争策略，最后号召县委发动群众配合部队打击敌人。

前后吃了不过半个小时，粟裕便带着季清涛继续赶路。他们乘船从益林出发，可船刚到复兴，由于河水猛涨，水深流急，船被迫停下。他们只得走下船头，开始第二次艰难的徒步跋涉。一小时后，粟裕同季清涛到了一个制造手榴弹的兵工厂。他们在厂里好不容易找到一辆自行车，真是喜出望外。可一辆自行车两个人怎么骑呢？季清涛说："首长骑车，我跟着跑。""胡扯。"粟裕严肃地说，"像那样不如两个人都走路。"他们最后商定：季清涛搭粟裕一段，粟裕搭季清涛一段，这样交替前进。季清涛虽然身材高大，可车技实在一般，所以大部分路程还是由身材瘦小的粟裕蹬车。季清涛坐在车上看着首长奋力蹬车、满头大汗的样子，心中实在不安，几次想下车都被粟裕严厉制止。他只能尽量保持不动，减轻粟裕的负担。经过一天一夜的艰难跋涉，他们终于到达淮安。

当时，粟裕的妻子和孩子也在淮安。可他路过家门时，因

粟裕骑车带警卫员（绘画作品）

为时间紧急，只进屋喝了口水，顾不得问候一下离别多日的妻子和大病初愈的孩子，就急匆匆地赶到华中分局办公地点。在华中分局常委会议上，粟裕向张鼎丞、邓子恢、曾山、谭震林等同志详细地介绍了自己的战斗设想。经过认真研究讨论，最后一致同意粟裕关于放弃海安，在运动中歼灭敌人的作战方案。会议决议报告中央军委后很快得到批准。

8月1日上午，粟裕又迅速返回海安前线。作为战区指挥官，为了一次战役的决策，在极其艰难的环境中日夜兼程300多里，这在中外战争史上也是不多见的。

海安之战，按照粟裕的作战构想，以伤亡200多人的代价杀伤敌人3000多人，创造了敌我伤亡15∶1的新纪录，为主力作战部队争取到了难得的休整时间。此后，华中野战军又陆续取得李堡、丁林、邵伯、如黄路等战斗的胜利。

苏中战役，华中野战军最终以3万兵力完胜国民党军12万人，取得七战七捷、歼敌5.3万余人的辉煌战绩，圆满完成了中央赋予的任务，加速了解放战争的胜利进程。

（朱梅燕　整理）

巾帼岂无翻海鲸
——记中共南京地下市委书记陈修良

抗战胜利后，国民党玩弄"假和平、真内战"的阴谋，国内经历了短暂的和平。但国共两党的军事决战已势不可免。1946年4月，由于斗争需要，中共华中分局任命陈修良为中共南京地下市委书记，深入国民党的"老巢"，带领新的南京市委站稳脚跟，开展斗争。

南京，作为国民党的统治中心，一直处于白色恐怖之中。自1922年中共在南京建立党组织到1934年被迫撤销南京市委，南京中共地下组织连续8次遭到敌人严重破坏，多位市委领导人惨遭杀害。陈修良深知，此去是凶多吉少。但她早已将生死置之度外。临行前，陈修良感慨地念诵着"风萧萧兮易水寒，壮士一去兮不复返"，与她的上级领导、时任中共华中分局城工部部长的丈夫沙文汉悲壮告别。

中国共产党城市地下组织的工作方针是"长期埋伏、隐蔽精干、积蓄力量、以待时机"。沙文汉曾形象地提出：地下组织要做到"像酵母菌在面粉里一样，只看见面团发起来而看不

陈修良与丈夫沙文汉

见酵母菌的存在"。多年地下工作的经验，使陈修良能从容应对紧张复杂的局面。顺利潜入南京后，她常身穿旗袍，以"姑妈""张太太"等身份昼伏夜出，迅速建立起由她单线领导的地下情报网。

  为获取有价值的情报，陈修良努力抓住一切机会。一天下午，陈修良在和市委委员方休的会谈中得知，他的妻弟唐某是国民党军统的电台机要人员，刚从重庆回到南京，就住在方休家。陈修良敏锐地感到这是一次大好的机会。她要求方休一定要密切留意此人，寻机获取重要情报。

几天后，机会果然来了。方休向陈修良报告，妻弟出差了，但留下了一个手提包，里面有一份文件。陈修良立刻赶到方家，发现这份文件竟是国民党军事密码。陈修良压抑着激动的心情，冷静地说："这份文件太重要了，我马上让情报部门抄录一份。"方休点头说道："好，不过同志们只有1天时间，明天他可就要回来了。"陈修良迅速将密码本交给情报部门连夜抄录。第二天清晨，陈修良又把这份文件放回原处，而抄录的密码本已由情报人员送交上海中央办事处秘密机关，用电报转发给党中央。几个月后，党中央高度评价这份密码："在军事上起了很大作用。"

又是一个偶然的机会，陈修良发现新上任的国民党军政部联勤总部技术委员会副署长汪维恒，曾是中共诸暨县委组织部部长。原来，1929年诸暨起义失败后，汪维恒混入了国民党内部，成为国民党的一名军需官，与党失去联系10多年。陈修良立即派沙文威与汪维恒取得了联系，探知汪维恒仍旧愿意为党做事。此后，汪维恒便将重要情报源源不断提供给

陈修良

南京地下市委。汪维恒提供的第一份情报，就是国民党师以上军队的长官名册、军队兵力部署、军队武器的全面清单。为此延安方面电令嘉奖南京地下市委。而国民党陆军总司令顾祝同在开会时，十分不解地问陈诚："延安掌握的我军番号人数，怎么比我们还要清楚？"

凭着过人的胆识和敏锐的洞察力，陈修良领导中共南京地下组织在虎穴狼巢中掀起一次次惊天骇浪。她组织领导的南京五二〇运动，引发了全国范围的爱国民主运动的高潮，形成了正义的学生运动与国民党反动政府之间尖锐斗争的第二条战线；她要求开展广泛的统战工作，策动国民党海、陆、空军纷纷倒戈，给了即将覆灭的国民党政权沉重打击；为了营救政治犯，她到处物色可以接近李宗仁的关系人物，最终在国民党政府司法行政部司长杨兆龙力劝下，李宗仁释放全国"政治犯"，使数百"政治犯"重获自由。

1949年3月，渡江战役前夕，陈修良率领南京城内的地下工作者们加紧四处搜集情报，将国民党京沪杭警备总司令部的《京沪、沪杭沿线军事布置图》《长江北岸桥头堡封港情况》《江宁要塞弹药储运及数量表》以及浦口沿江地带敌军指挥部位置、军官名单、炮兵阵地、武器装备等重要情报资料，送达渡江作战部队手中。

4月22日，三浦地区得到解放，但仅剩的渡船已经被南逃的守敌带走，渡江部队心急如焚。在这关键时刻，陈修良率南京地下组织成员积极行动起来，民生、福记等轮船公司，招商局、

中共南京市委主要活动地之一——
南京复成新村10号（今7号）

铁路轮渡管理所、机务段轮渡所等单位的轮船都被紧急动员起来，水上警察所的8艘巡逻艇也被从三汊河里开出来，拖着民船向江北急驶而去。

4月23日，红旗插上了总统府，南京解放了！第二天清晨，一宿未眠的陈修良身着旗袍来到解放军第三十五军军部。当军政委何克希向第八兵团司令员陈士榘介绍来人时，陈士榘紧握着她的手说："真没想到，帮助我大军渡江、解放南京的党的地下组织负责人，原来是这样一个温文尔雅的女子啊！"

"男儿一世当横行,巾帼岂无翻海鲸?"陈修良以过人的胆识和智慧,在固若金汤的国民党反动统治中心潜伏战斗3年多,敌人却毫无察觉,为南京的顺利解放做出了杰出贡献,不愧是隐秘战线上的女中豪杰。

(杨洪　整理)

一根小竹竿，漫漫支前路
——记淮海战役的群众支前运动

在淮海战役纪念馆，陈列着一件国家一级革命文物：一根一米来长的竹竿，上面密密麻麻刻着水沟头、平度、临淄、蒙阴、临沂等地名。这根竹竿记录了主人唐和恩跋山涉水的支前征程，见证了淮海战役军民一心的伟大胜利。

1948年11月6日，淮海战役打响。经过66天的鏖战，60余万解放军，面对装备、兵力占优的80余万国民党军，最终歼敌55万余人，创造了战争史上以少胜多、以劣胜强的奇迹。千百万人民群众以规模空前的支前运动，奔流不息在千里运输线上，谱写了一曲曲人民战争的支前凯歌。唐和恩便是这支庞大队伍中的一员。

1948年秋天，山东解放区的人民迎来了土改后的第一个大丰收。正在地里忙着收庄稼的唐和恩，听说村里要组织民工队到淮海前线，便立刻放下手里的活，头一个报名参加支前小车队，并被选为小队长。

中秋前夕，唐和恩带着他的小车队出发了。从此，他们顶风冒雪，翻山涉水，日夜兼程在运输线上。运输中，他们忍饥挨饿，克服了一个又一个艰难险阻，把一车车粮食、弹药源源不断地送到了前线，把一批批伤员安全转移到后方，书写了许多可歌可泣的感人故事。

一个冬日下午，急速行进的小车队被一条数十米宽、结着薄冰的河面挡住了去路，近处又没有桥梁可以通过。绕道过河，来回要多走40多里路，浪费两三个小时。此时，寒风呼啸，满天飘雪。唐和恩望着眼前的河水，看着停在河边的一车车粮食，满眼焦急。大伙看出他的心事，说："红军二万五千里长征，爬雪山，过草地都过来了，咱们还能被这条河沟挡住吗？"唐和恩带头脱掉棉衣，扛起一包粮食，第一个跳入河水，在前面破冰探路。冰凌碴子像小刀一样直往肉里割，寒风一吹，身不由己地直打哆嗦。他咬着牙，挺着胸一步一步往前走。接着，队员们陆续脱了衣服，抬起粮车，扑通扑通下了河。唐和恩回头一看，冰河上仿佛架起了一座车桥，十分壮观。队员们个个冻得唇青脸紫，可没有一个人叫苦，都瞪着眼，挺着胸，在齐腰深的刺骨河水里徐徐前进。他们刚刚上岸，国民党的飞机就来了。唐和恩和队员们迅速疏散，一口气跑了半里多路，才避开空袭，继续赶路。车队走到黄口突然下起了雨。

山东解放区的民工支前小车队

他们把随身携带的雨布、小包袱皮，甚至棉衣都解下来盖在了粮袋上。到达目的地后，唐和恩和队员们个个淋得像落汤鸡，车上的粮食却一点都没湿。

征途漫漫，唐和恩和队员们经常会遇到雨雪交加的恶劣天气。在泥深路滑的情况下，满载军粮的木轮小车一动一条沟，一步两个坑，队员们深一脚，浅一脚，艰难地跋涉向前。一次，唐和恩拉的小车陷进了泥坑，拉也拉不动，推也推不动，他一连拉了6次都没有拉动，最后他憋足劲猛力一拉，只听咔一声，绳子断了，他一头栽进了泥坑里，摔得满身泥，嘴磕破了，牙齿也磕掉了一颗。队友叫他休息，他却说："前方战士身上穿个窟窿，还照样冲锋，咱磕掉颗牙算啥！"说完，唐和恩带着队员们又踏上了前进的路。

从家乡出发时，唐和恩随身带着一根一米来长的小竹竿，累了撑着它休息，过河涉水时则用它探路。在半年多的支前战斗中，这根小竹竿随他跑遍了淮海战场，从沂蒙大山走到了淮海平原，从滔滔淮河走过了滚滚长江，上面密密麻麻刻满了唐和恩走过的88个城镇和村庄的名字，将这些地名连接起来，就形成了跨越山东、江苏、安徽三省，约2500公里的人民支前历程图。淮海战役中，像唐和恩这样组织起来的支前民工有543万。据统计，每一名在前线拼杀的子弟兵身后，就有9名支前民工的坚强支持。

战役结束后，唐和恩被评为特等功臣，被授予"华东支前英雄"称号。他带领的运输队也人人立功，被评为"华东支前模范队"，同时荣获"华东支前先锋"锦旗一面。

唐和恩随身携带的小竹竿如今保存在淮海战役纪念馆中。

唐和恩随身携带的小竹竿

它静静地向世人诉说着华东人民踊跃支前的光辉历程,展现了党与人民始终保持的血肉联系,诠释了无私奉献、义无反顾的支前精神,激励着一代又一代中华儿女为了祖国发展繁荣而不懈奋斗。

(朱梅燕　整理)

渡江战役：靠老百姓用小船划出来的胜利

1949年春天，国共双方军队隔江对峙。4月20日，南京国民政府拒绝在国共双方代表团拟定的《国内和平协定》（最后修正案）上签字，国共和平谈判破裂。4月21日，毛泽东主席、朱德总司令发布向全国进军的命令。4月20日夜至21日，由以邓小平为书记的渡江战役总前委统一指挥，第二、第三野战军在第四野战军先遣兵团和中原军区部队配合下，发起渡江战役。在西起湖口，东至江阴的千里战线上，百万雄师分3路强渡长江，国民党苦心经营3个半月的长江防线顷刻瓦解。

一时间，江岸炮火齐鸣，江面桅樯如林、白帆如云，近万只大小、形制各异的船只穿梭往来……

在长江岸边，木帆船、渔船是老百姓赖以为生的命根子，但是到渡江战役发起前，解放军已筹集到各种船只2万余条。许多船工、渔民将躲避国民党很长时间的船只从河底拉出来，从芦苇荡开出来，献给部队。支前的船工们倾力传授战士们掌舵、划桨、撑篙、扯篷、潜水等本领，还和战士一起动脑筋，用芦柴扎成救生圈，用木材扎成4米多宽、10米多长的木排，装上汽车引擎垒起棉花胎，加上轻重武器，制成"水上土炮艇"。

百万雄师以摧枯拉朽之势强渡长江，而于枪林弹雨中托举他们过江的是数万名奋力划桨、赴死不惜的支前船工。不少船工出发前穿上了按风俗只有去世的人才穿的"老衣"，有的则是父子、兄弟甚至一家人一齐登船。其中，"大辫子姑娘"和"新郎船工"的故事流传甚广。

4月21日夜，解放军第二十军五十九师突击连在炮火掩护下，突破了国民党扬中江防阵地。之后，第二十军的渡江部队要自扬中过夹江，在夹江北岸由支前船工送部队渡江。万船竞发中，一位身材纤瘦、扎着一条大辫子的姑娘正奋力摇橹。4月22日傍晚，在岸边采访的随军记者邹健东举起相机将这动人的一幕抢拍了下来，后来以《我送亲人过大江》为名发表在《新华日报》。这个"大辫子姑娘"叫颜红英，年仅19岁。一个多月前，解放军调集船只，倔强的颜红英不顾父亲反对，要捐出自家跑运输的5吨木船。最终，她如愿以偿加入支前队伍，父亲和妹妹也同时报上了名。颜红英熟悉水域环境，技术又好，但因战事环境险恶难免受伤。在一次演练时，遭遇了国民党军舰的猛烈炮击，摇船的颜红英迅速开船转移，保护了船上20多名解放军战士。但一颗炮弹在船边不远处爆炸，她的脸颊被弹片擦破，血流不止，昏倒过去，听力也永久受损。

靖江是千里战线的东线起点。其时，中国人民解放军第三野战军第十兵团4个军20万人要从靖江渡江。家住斜桥镇江平

《我送亲人过大江》（邹健东摄影）

《百万雄师过大江》（邹健东摄影）

村汪家埭的孙汉成刚刚20岁，在姑父运输船上谋生，贩运肉猪，往返于上海和靖江新港之间。家里帮他说了门亲事，催他回家结婚。憨厚的孙汉成寻思这个时候结婚不合适啊，自己肯定要送解放军渡江的，新娘子得多担心啊！但架不住众人劝说，孙汉成还是回家办了喜事。4月下旬，新婚十几天的孙汉成得知姑父刚请的新手连船上的工具都认不齐全，心不由一沉：17吨的木船坐数十名解放军战士，就凭姑父和几个生手，能安全过江吗？他左思右想，到底放心不下，就对父母和新婚妻子讲：大不了船打烂了，就跳到江里，凭一身好水性，肯定能回来！说服家人后，孙汉成立即动身前往四圩港。新婚妻子依依不舍，一直将他送到靖江城。晚上部队集合时，首长当着战士们的面热烈表扬孙汉成：新郎也赶来渡我们过江！我们一定要打到南

渡江战役前扬州船工宣誓大会

京去，活捉蒋介石，解放全中国！

据统计，渡江战役中，除了像颜红英、孙汉成这样踊跃登船随军作战的船工，江苏、安徽、山东等地有上千万名支前群众为解放军送粮草纳布鞋、修路桥挖沟渠、抬担架运物资。2020年8月，习近平总书记在参观渡江战役纪念馆时感慨地说："渡江战役的胜利是靠老百姓用小船划出来的。"

渡江战役的胜利生动证明：江山就是人民，人民就是江山。在前进的征程上，始终保持同人民群众的血肉联系，紧紧依靠人民，与人民心心相印、风雨同舟、生死与共，我们党就能够战胜一切艰难险阻，无往而不胜。

（姚江婴　整理）

敢教日月换新天

苏北灌溉总渠：千里淮河终入海

"走千走万，不如淮河两岸"。苏北淮河两岸河网密布、水土肥美、气候温润、四季分明，承载了人们安居乐业的梦想。然而在历史的风云流转中，淮河远不是如今这般温柔娴静。12世纪前，淮河曾是一条源于河南桐柏山，向东流经河南、安徽、江苏至涟水云梯关(现属响水县)入海的河流。后来黄河频繁泛滥，干流夺淮入海长达700余年。黄河决口改道后又回归北流，但黄河携带的泥沙已将千里长淮下游河道抬高，淮河丧失了入海道。每逢汛期，淮河来水入海困难，在洪泽湖及里下河一带滞蓄、泛滥，水旱灾害频繁，尤以淮河的沂沭泗流域为甚。

新中国成立后，人民虽然在政治上翻身解放，当家做了主人，但却无法摆脱淮河"大雨大灾、小雨小灾、无雨旱灾"生活不得安宁的困境。1950年七八月间，淮河地区遭受特大暴雨，大雨持续半月不止，引发特大洪涝灾害。一时间，沿岸地区有几千万人受灾，千万余亩土地被淹，灾情十分惨重。7月20日，毛泽东主席收到灾区急电，当即指示将电报立刻转送政务院总理周恩来，并批示："除目前防救外，须考虑根治办法，现在开始准备，秋起即组织大规模导淮工程，期以一年完成导淮，免去明年水患。"8月5日，又一封紧急电报送至毛泽东的手中，"由于水势凶猛，群众来不及逃走，或攀登树上，失足坠水（有在树上被毒蛇咬死者），或船小浪大，翻船而死者，统计489人。……由于这些原因，干群均极悲观，灾民遇着干部多抱头大哭，干部亦垂头流泪……"读到这些文字，毛泽东眼中亦是满含泪水："不解救人民，还叫什么共产党！"他在"被毒蛇咬死者""统计489人""抱头大哭"等处下面重重地画上了横线，当即批转给周恩来："请令水利部限日做出导淮计划，送我一阅。此计划8月份务须做好，由政务院通过，秋初即开始动工。"

8月25日，周恩来主持召开第一次治淮会议，对淮河水情、治淮方针以及1951年应办工程做了反复研讨，确定"蓄泄兼筹，以达根治之目的"的方针和豫皖苏"三省共保，三省一齐动手"的原则。9月，国家组织入海水道查勘团赴苏北，经实地查勘和征求地方意见，编写了《淮河入海水道查勘报告》，提出了淮河入海水道方案——修建苏北灌溉总渠。从洪泽湖开始，经淮安、阜宁、射阳、滨海等县，到盐城扁担港，开挖出一条人工河道，一路护送淮河流入黄海。

1951年11月2日，新中国成立初期苏北治理淮河第一仗——全长168公里的苏北灌溉总渠正式开工。毛泽东和周恩来电告苏北区党委和苏北行政公署，要求"全力组织人民生产自救，

淮安洪泽湖治淮工地

以工代赈，兴修水利，以消除历史上遗留的祸患"。苏北区党委、苏北行政公署和苏北军区联合发出《苏北大治水运动总动员令》，号召全苏北的党、政、军、民必须紧张地动员起来，组织一切可以组织的力量，保证完成这个光荣而伟大的治淮任务。灾民有了饭吃，有了活干，甚至还可以领取工资粮，拉回家让受灾的家人都吃上饱饭。这是个将救灾和治淮结合的好办法，解决了在此之前治理淮河人手不足的问题。一时间，苏北淮河两岸民众群情激昂，纷纷加入治淮大军，从洪泽湖畔至黄海之滨，工地上红旗招展，一片欢腾。来自淮阴、盐城、南通、扬州等专区数十个县的民工昂首阔步，开进工地，计118.9万人次，在总渠工地上洒下了汗水。据参与当时灌溉总渠施工的民工回忆："挖渠的时候正值冬季，淮河边下着大雪，风刮在脸上刀子一般疼，白天我们挥着铁锹挖土，推着独轮车来回要跑十几里地，晚上就睡在草房子里。但那个时候大家一点都不觉得辛苦，工地之间还开展劳动竞赛，看谁挖得快，能建设属于我们中国人自己的水利工程，我们干劲十足。"

战天斗地忙"挑河"，群众是治淮真英雄。先后参与苏北治淮工程的民工多达百万，他们在常人难以想象的困难境地，奋战80多个晴天，硬是用手挖、肩挑、车推，完成了整个工程7000多万立方米土方任务。淮河治理火热现场曾让时任水利部部长傅作义感慨万千地说："我所看见的一切，真是满眼都是力量，满眼都是希望。依靠共产党的领导，人民政府是深深地扎根在每一个角落、每一块土地、每一个人心的深处，因此人

1952年，群众正在建设高良涧水闸

民政府的力量是不可摇撼的伟大。"同时开工的高良涧进水闸、六垛南北闸、淮安运东分水闸、里运河淮安节制闸、三河闸等10多座大中型涵闸，也于1952年6至7月先后建成。从此，在中原和苏北大地上横行肆虐了700余年的淮河洪水有了自己的入海通道。

苏北灌溉总渠建设顺利完成，对淮河流域防洪发挥了重要作用，缓解了苏北地区的淮河水患，提高了洪泽湖大堤的安全性，改变了苏北地区的自然面貌，保护与发展了废黄河以南、运河以东、里下河地区农田灌溉，为苏北平原，特别是淮河大地夺取农业丰收奠定了基础。

如今的洪泽湖大堤旁，刻有毛泽东手迹"一定要把淮河修好"

苏北灌溉总渠今貌

　　的石碑就像一部凝固的史书，记录了治淮的艰辛历程，引领和激励着一代又一代沿淮人民在兴修水利、安澜兴邦的道路上奋斗不止！

（魏浩　整理）

杨根思：志愿军第一位特级英雄

在革命战士面前，不相信有完不成的任务，不相信有克服不了的困难，不相信有战胜不了的敌人！

——杨根思

杨根思，江苏泰兴人，1922年出生于贫苦农民家庭，当过童工，1944年2月参加新四军，1945年11月加入中国共产党。他作战英勇，屡立战功。

在1947年1月的鲁南战役齐村战斗中，杨根思连续爆破国民党守军碉堡群，炸毁敌旅部核心工事，俘虏百余名国民党军，保障了部队迅速全歼齐村守敌，荣立大功，被授予"华东一级人民英雄"荣誉称号。淮海战役中，他带领战士机智捣毁敌人一组暗堡群，被授予"华东三级人民英雄"荣誉称号。一次

杨根思

1950年9月,出席全国英模代表大会的部分代表集会合影(二排右六为杨根思)

次战役、战斗，锤炼出杨根思敢打敢拼的勇气和一往无前的气概。

1950年9月26日，杨根思作为三野九兵团二十军选出来的4名战斗英雄代表之一，出席全国英模代表大会，受到毛泽东主席和朱德总司令的亲切接见。当他返回浙江驻地时，部队已奔赴朝鲜战场，他和战友一路追赶，直到山东才追上大部队。1950年11月7日，杨根思带领志愿军第二十军五十八师一七二团三连全连169人跨过鸭绿江，奔赴抗美援朝战场。

首批入朝志愿军与朝鲜人民军并肩作战，把敌人赶到清川江以南，赢得了第一次战役的辉煌胜利。不久，时任"联合国军"总司令的麦克阿瑟重新集结20万兵力，分东西两线，气势汹汹地向鸭绿江扑来，叫嚷着："圣诞节前结束朝鲜战争。"

为粉碎敌人的狂妄野心，中朝军队于11月25日发起第二次战役，从东西两线同时向敌人发起进攻。杨根思所在部队奉

1950年10月，杨根思在参加全国第一届英模代表大会归来后在山东兖州为全师部队做报告

命开往东线长津湖地区，对敌人实施分割围歼。他们面对的敌人是二战太平洋战场上美军的"王牌"师——美海军陆战队第一师。杨根思毫不畏惧，他快速集结部队，对战士们说："同志们，我们绝不能放跑一个敌人！我这个连长倒下了，排长接着上；排长倒下了，班长接着上。总之，人在阵地在！"

这一夜，部队冒严寒，顶风雪，翻冰山，越雪岭，行军100多里，直插长津湖畔下碣隅里。随即，杨根思接到上级命令，率领连队，扼守下碣隅里外围的1071.1高地东南屏障小高岭，切断美军南逃的唯一退路。战前动员时，他向战士们提出了"三个不相信"的宣言：不相信有完不成的任务，不相信有克服不了的困难，不相信有战胜不了的敌人。

根据地形，杨根思对固守小高岭做了周密的部署。小高岭从高到低绵延下来3个大的马鞍形山洼，分别由一排、二排、三排扼守。连长杨根思与三排坚守在小高岭脚下的一处山洼，这是最关键的交通要道，也是阻击敌人的第一道防线。

1950年11月29日拂晓，长津湖一带的气温降到了零下40度，小高岭阵地遭到美军地空火力的连番轰炸，冻土被炸成了浮土。至上午10时，杨根思带领三排的战士们已经打退了美军8次疯狂进攻。而此时，阵地上只剩下连长杨根思、通讯员王喜和机枪手陈德胜。

为保存仅有的一挺重机枪，杨根思命令通讯员和机枪手将重机枪带回营部，自己孤身一人留下继续战斗。他收集起阵地上全部的武器：一颗手榴弹、一支驳壳枪、一包炸药。这时，敌人发起第九次冲锋。40多个美军士兵从三面蜂拥而上，杨根思抱起炸药包，一把拉燃导火索，冲进敌群……这一年，他刚满28岁。

杨根思牺牲后，彭德怀总司令亲笔为他题词：中国人民的优秀儿子，国际主义的伟大战士，志愿军的模范指挥员——杨根思烈士永垂不朽！

英雄的事迹在志愿军中广为传颂，影响和激励了广大的志愿军战士，涌现出了一个又一个杨根思式的战斗英雄。1951年5月9日，中国人民志愿军领导机关命名他生前所在连为"杨根思连"。同年12月11日，经中国人民志愿军总部批准，第20军在第二届英模大会上为杨根思追记特等功，追授"特级英雄"称号。

英雄长眠，但精神永传。"杨根思连"一代又一代的战士高举着连旗，出现在抗美援朝、对越自卫反击战的战场；奔赴在98抗洪、08抗震救灾的一线。他们作为杨根思的传人，哪里有危险，哪里就会出现他们的身影和那面光荣的旗帜。

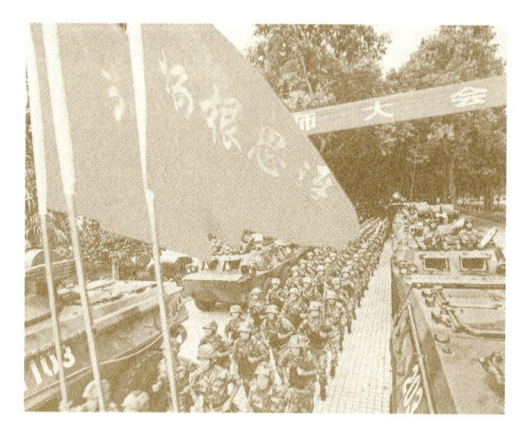

陆军第八十三集团军某旅"杨根思连"紧急拉练

（张俊梅　整理）

齐心协力送"瘟神"
——终结血吸虫病

血吸虫病,俗称"大肚子病",是由血吸虫寄生于人体所引起的一种疾病,长期肆虐于长江流域及以南十几个省份,有2100多年的历史。得了这种病,年轻人失去劳动能力,已婚妇女生不出娃,严重威胁着人民的健康和生命。当时的民谣这样形容该病的可怕:"身无三尺长,脸上干又黄。人在门槛里,肚子出了房。"地处长江中下游的江苏是受血吸虫病危害最严重的地区之一,江南水乡遍地是"寡妇村""无人村",到处是人们枯黄的面孔。

新中国成立初期,由于地方性因素、自然灾害、长期战争等原因,血吸虫病爆发程度达到历史的最高点。1950年春夏之交,扬州邗江黄珏乡村民去邵伯湖对岸的高邮新民滩割猪草,导致了大量人员感染血吸虫病。亲历者曾回忆:(我们)一起去新民滩割猪草、打粽叶。开始割的时候是干滩,割的人很多。夜里下了大暴雨,雨停了我们站在积水里抢着割。当时没有感觉,后来吃饭的时候感到身上很痒,腿干了以后更痒了。到家没过多少天，身体就不好了，没劲，拉稀，肚子肿，去卫生院看病，查出了血吸虫病。据资料显示，新民滩所在的新民乡共有5257人，因这一场感染导致其中4019人得病，1335人死亡，45户成为了绝户。正所谓"爹死无人抬，妈死无人埋，孤儿满村走，良田长湖柴"。

肆虐的疫情引起了党和国家领导人高度重视，中央和地方政府紧急调动各方医疗资源，组织医务人员进行救治，及时阻止了疫情的蔓延。但是，如何根本遏制血吸虫病，成为了党中央一直在考虑的问题。1953年夏天，沈钧儒致信毛泽东，反映苏南血吸虫病流行严重的情况，并随信附送了详细的调查材料。毛泽东回信："血吸虫病危害甚大，必须着重防治。"为尽早消灭血吸虫病，毛泽东认为应由党委统一领导、全面规划血吸虫病的防治工作。一场"全党动员，全民动员，消灭血吸虫病"的人民战争在全国打响。

在对血吸虫病流行情况进行深入调查研究后发现，血吸虫病的感染方式以河中洗澡、捕鱼为主，而粪便污染水源及钉螺与血吸虫病流行有密切关系。据此，各疾病流行区提出了消灭中间宿主钉螺，从而控制血吸虫病传播的方案。这条路虽然标本兼治，但走起来却并不轻松。血防人员不仅要下一线，入村组，查病情；还要战酷暑，冒风雨，查钉螺。钉螺只有半公分大小，一般生长于山涧或芦苇中。查螺时必须做好防护，蹲着或趴着辨认。特别是在伏暑季节，江滩上热浪升腾，气温高达40度，人蹲在半米多高的杂草之间查找，几乎就是在蒸笼中工作，条件之艰苦可想而知。而灭螺喷洒的药剂是五氯酚钠，非常刺鼻。灭螺人员通常要背上几十斤重的药剂、粉剂，穿上雨衣，戴上口罩、手套、防护眼镜，全副武装地连续工作七八个小时，不断地挑战着身体承受的极限。

　　至1958年，江苏全省先后出动劳力700多万，白天红旗招展，晚上挑灯夜战，结合积肥、水利开展土埋灭螺，全年灭螺面积1.3亿平方米（占当时有钉螺面积总数96%）。各地在大搞灭螺、治病的同时，大力开展粪便和安全用水管理，取得了显著成效。当年共查出病人110.8万人，治疗98.9万人，90%以上的病人得到了治疗。震泽县、昆山县、常熟县、太仓县、苏州市等多地达到基本消灭血吸虫病标准，江苏省的血防工作取得了明显成效。在全国范围内，截至1958年5月，12个省市共消灭钉螺15亿多平方米，血吸虫病高发的态势终于得到了有效遏制。

血防人员喷洒药剂消灭血吸虫病传染源——钉螺

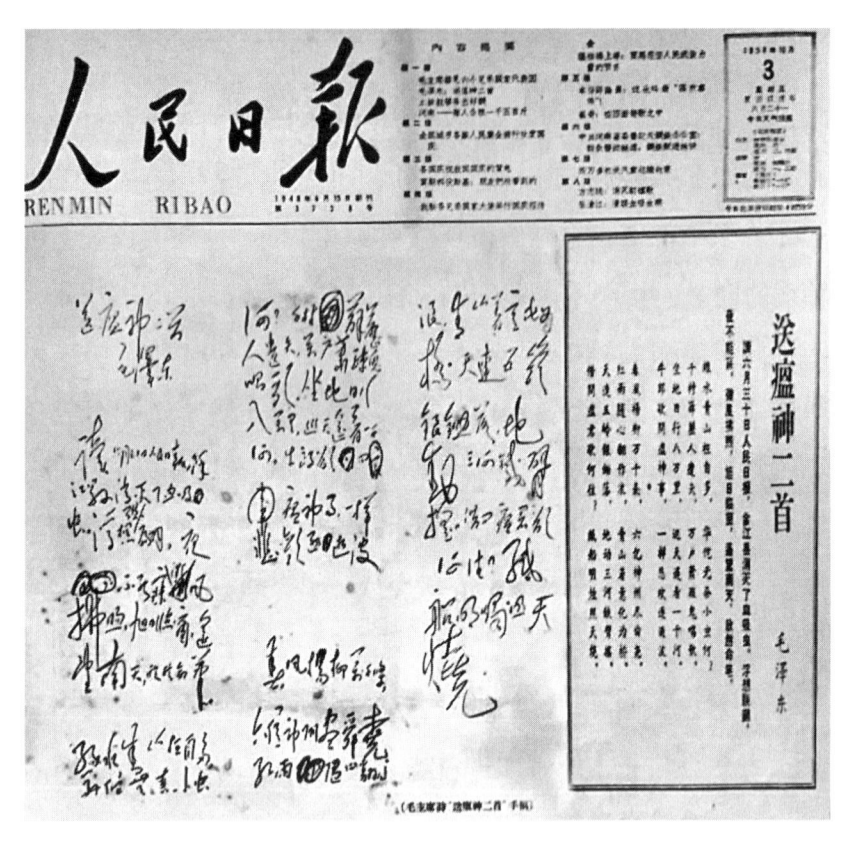

1958年10月3日,《人民日报》发表毛泽东《送瘟神二首》

1958年10月3日,《人民日报》在头版发表了毛泽东的诗作《送瘟神二首》,诗中写道:

> 春风杨柳万千条,六亿神州尽舜尧。
> 红雨随心翻作浪,青山着意化为桥。
> 天连五岭银锄落,地动三河铁臂摇。
> 借问瘟君欲何往,纸船明烛照天烧。

危害长江流域及其以南地区近百年的血吸虫病,在"党组织、科学家、人民群众三者结合起来"后,终于停下了肆虐的脚步。

(周小川 整理)

英雄王杰：以生命赴使命，把青春献人民

2017年12月13日，习近平总书记视察七十一集团军某旅王杰生前所在连队时强调："王杰精神过去是、现在是、将来永远是我们的宝贵精神财富。"英雄精神永存。在庆祝中国共产党成立100周年之际，中央宣传部新命名一批全国爱国主义教育示范基地，位于邳州市运河街道张楼社区的王杰烈士陵园入选。

王杰，1942年10月出生，山东省金乡县人。1961年8月应征入伍。1962年3月加入中国共产主义青年团。

他关心战友，视战友如亲兄弟。长途行军，王杰脚上起了水泡，浑身酸痛，但他一放下背包，先给其他战友打水烧水，帮助炊事班生火切菜，然后才休息。晚上放哨，他的哨一站就到天明，目的是让其他同志多休息一会儿。他爱

王杰

护集体财产胜过关心自己。一天，工地上突然下起了瓢泼大雨，王杰从睡梦中惊醒。他想起工地上还放着油桶、木料等施工器材，便一骨碌爬起来，一个人冒着大雨跑到工地，一趟又一趟将施工器材全部转移到山坡上，从而避免了国家财产的损失。他帮助群众做好事，从不留名。一次，王杰上街买东西，发现一个老大娘看病后缺少回程的路费，便主动掏出自己的津贴费塞给老人。老人问他叫什么，他说叫"解放军"。他勤奋工作，在执行训练、施工和抗洪救灾等各项任务中，一不怕苦，二不怕死，被大家称为"闲不住的人""不知疲倦的人"。他热爱学习，无论多忙多累，无论走到哪里，身边总要带上一本《毛泽东著作选读》，一有空闲时间，他就拿出来认真学习，并结合工作和思想实际，写下了10多万字的日记。

王杰日记

1965年7月,王杰到江苏省邳县张楼公社(今邳州市张楼社区)执行民兵训练任务。14日清晨,他组织民兵进行最后一项训练——"绊发防步兵应用地雷"实爆。王杰在训练中认真讲解,细心操作。约7时30分,拉火管突然发生意外,在万分危急的关头,王杰猛然扑向炸点。随着一声巨响,王杰用自己年轻的生命保护了在场的12名民兵和人武干部。

人们在整理王杰遗物时,发现了他的日记,而日记中的每一句话,似乎都印证着这位年轻士兵不同寻常的思想境界——

1965年,王杰在日记中写下:"我们要一不怕苦、二不怕死,做一个大无畏的人。"这一篇日记也正是王杰"两不怕"精神的出处。

1964年3月3日,王杰在日记中写道:"牢记:在荣誉上不伸手,在待遇上不伸手,在物质上不伸手。"这"三不伸手"格言,虽然写于50多年前,在今天依然有着贴近时代的特殊意义。

1965年,王杰与未婚妻的合影

"什么是理想?革命到底就是理想。什么是前途?革命事业就是前途。什么是幸福?为人民服务就是幸福。"

"为了党,我不怕进刀山入火海;为了党,哪怕粉身碎骨我也甘心情愿。"

……

精神永铸,血脉相传。1965年11月27日,王杰生前所在班被中华人民共和国国防部命名为"王杰班"。这个班所在连队每天点名,连长首先点的是"王杰",回应的则是全连官兵。王杰生前睡过的床,一直摆放在王杰班里,全班官兵始终和它朝夕相处。每当战友回到房间休息的时候,班长就将王杰的被子轻轻地打开,让它陪伴着战友一同入眠;每天清晨,班长又

1965年12月,国防部命名王杰生前所在班为"王杰班"

将被子慢慢地叠上，工工整整地放在床的一端。历任王杰班班长天天如此，一代一代地将王杰精神继承和发扬光大。新兵一入伍，就唱着《王杰的枪我们扛》，将学习王杰融入日常的生活、训练中。这个连官兵用党的创新理论固本培元，以战斗作风攻坚克难，先后荣立集体一等功1次、集体二等功12次，被授予"弘扬'两不怕'精神模范连"荣誉称号。军队规模结构和力量编成改革中，连队由工兵连整建制改编为装甲步兵连，他们瞄准转型抢抓机遇，努力把昔日的开路尖刀重塑成主战先锋。

英雄顶立天地，浩气永存人间。2009年，王杰被评为"100位新中国成立以来感动中国人物"。2019年9月25日，王杰被评为新中国"最美奋斗者"。2021年9月，王杰精神入选中国共产党人精神谱系第一批伟大精神。王杰精神穿越时空，历久弥新，绽放新的时代光芒。

（张俊梅　整理）

南京长江大桥：中国人的"争气桥"

1968年12月29日，南京城万人空巷，5万多军民冒雨参加南京长江大桥全面建成通车典礼。上午，在一片鞭炮和锣鼓声中，100多辆彩车徐徐通过公路桥，参加庆典的人们跟在汽车后面奔涌。这一场景永远定格在历史的记忆中。

长江，素称"天堑"，自古以来就阻隔着南北两岸的沟通。

1908年，沪宁铁路修到南京，1911年，津浦铁路建成通车。但是，由于长江的阻隔，这两条铁路干线没能贯通。此后，孙中山先生曾在他的《建国方略》中规划过南京的过江隧道，但是，国之不兴，梦想终未实现。

20世纪30年代，国民党政府重金聘请美国桥梁专家华特尔，对南京江面进行实地勘察。然而，华特尔的结论是："水深流急，不宜建桥。"

新中国成立后，随着第一个五年计划的顺利实施，南京长江大桥的建造再次被提上议事日程。1956年，经国务院批准，铁道部着手进行桥梁选址和实地勘测、设计等筹备工作。

南京长江大桥设计方案

1960年1月，南京长江大桥建设工程正式开始启动。然而，建设者们此时面临的形势却不容乐观。

南京长江大桥选址在南京原下关和浦口之间。这里水深30至40米，水下泥沙覆盖层厚，江底岩层情况复杂。因此，当时许多国外的桥梁专家都认为：在南京造桥，首先在基础工程这一项就过不了关。

这时，新生的共和国正处于经济困难时期，生产、生活资料都十分匮乏。也是在这一年，苏联的最后一批援华专家撤离了中国。临行前，他们断言，无论在技术上还是物资上，中国都还不具备建造南京长江大桥的能力。

就是在这种种质疑的声音中，数千名中华儿女迎着凛冽的寒风，义无反顾地开始了艰难的征程。

建造中的南京长江大桥

桥墩是大桥的核心。面对美国桥梁专家"水深流急，不宜建桥"的结论和资料空白，中国团队边建边摸索。江中9个桥墩采用了4种基础方案，创造了多项中国纪录。

随着工程的全面展开，水下作业迫在眉睫。当时世界先进的潜水设备也只能潜水50米左右，而大桥需要的水下挖岩、整平和清基等作业，需要组织77米的深潜。

潜水班党小组将请战书送到总工程师梅旸春手中。他们表示："不克深水关，绝不下战场。"迎着凛冽的江风，潜入近百米的水底，从隆冬到初春，潜水工人们经受着痛苦的折磨，冒着生命的危险，坚持深潜作业，攻克一个又一个难关，完成了一次又一次几乎不可能完成的任务。深潜77米，打破了当时

1968年，工人在铺设南京长江大桥路面

的世界纪录，谱写了世界桥梁史上的深潜神话。

正是凭借这种艰苦奋斗的精神，在历时9年的漫长征程中，南京长江大桥的建设者们创造了一个又一个奇迹。从最初的桥体设计、力学数据的计算到桥梁专用钢材的研制、施工，大桥建造的每一个技术环节都是中国人自力更生解决的。

在南京长江大桥架设钢梁时，正逢"文化大革命"初期，工程一度出现停顿。南京军区司令员许世友为推动南京长江大桥施工进度给予了大力支持，提出"要人给人，要钱给钱，要机械给机械"，从而保证了大桥建设的顺利进行。

南京市民、在宁大中专学校学生、机关和企事业单位干部职工主动请缨，平均每天有上万人到大桥工地参加义务劳动。一天，已是深夜 11 点多，一群女中学生自带干粮，从城内步行十多公里来到大桥工地。她们对工地负责人说："我们就要到内蒙古去插队落户了，请让我们在出发前为长江大桥建设出点力、流点汗吧。"她们在工地上干了一个通宵，在场的人无不为之感动。汇聚全国人力物力财力，众志成城，团结一心，浇筑起中国坚强的脊梁。

1968 年 12 月，中国自行设计和建造的第一座双线双层铁路、公路两用桥——南京长江大桥建成通车

南京长江大桥，是中国自力更生建设的第一座大桥。它完全由中国自行设计施工，全部采用国产材料建成，在技术上已达到了当时的世界先进水平，是中国桥梁建设史上的一座里程碑，是新中国自强自立、奋发图强的时代缩影。

（张俊梅　整理）

江淮明珠
——江都水利枢纽

江苏水资源丰富，分布却极不平衡。苏北，尤其是沿海垦区和徐淮地区是严重缺水地区。20世纪50年代始，江苏连遭大旱，淮河一时断流，洪泽湖几经干涸，数百万亩农田受灾，人畜用水困难。而苏中的里下河地区，则是一片低洼地带，沟河纵横，水网密布，极易遭受洪水和内涝灾害。1952年，毛泽东主席视察黄河时提出：南方水多，北方水少，如有可能，借点水来也是可以的。受到这个启发，江苏开始酝酿"扎根长江、引江济淮"的江水北调工程。

苏北地区地势北高南低，江水北调无法通过自流引水，需要"逆流引水"。为打破"淮水可用不可靠、江水丰沛用不到"的困境，经过多年酝酿论证，江苏省水利厅于1958年提出了"扎根长江、江水北调、引江济淮"的总体规划，最终探索出一条极富想象力的工程方案——"八级提水、四湖联动"，即沿途设计多级大型泵站——"让长江水爬着楼梯去苏北"。工程的源头起点便是江都水利枢纽。

江都水利枢纽地理位置示意图

当时正值国家经济最困难的时期，全国基建规模一再紧缩，建设这样大规模的泵站又是全国首例，争议极大。在周恩来总理的直接关怀下，江都水利枢纽工程终于在1961年12月开工。

在20世纪60年代初期，建设一座这样的大型抽水站，困难很多。国内没有现成图纸，国外也找不到支援。施工中更是有许多难点，建设的过程异常艰苦。无论是工程师还是工人，都住在工地上的茅草房内。由于施工材料缺乏，又担心施工人员会浪费材料，建设者们一切亲力亲为，白天夯大锤，晚上做设计。工程处负责技术的副主任李郁华长期住在工棚，同工人群众打成一片，在工地整整生活了9年。参加江都站施工的广大民工和群众也为支援工程建设做出了巨大的贡献。他们不计报酬地日夜奋战在工地上，主体工程以外的骨干河道和农田水利建设，主要都是依靠群众自力更生解决的。

1963年4月，江都一站的建设到了最后一个环节——试车运行。随着一声启动的命令，大电机转动了，辅机房紧接着发出哧的一声巨响，水柱随着高压空气喷射而出，越过出水管驼峰，汇入了上游引河，江水终于滚滚北上了。现场爆发出热烈的欢呼。

从1961年江都一站动工，到1977年江都四站建成，经过了16年艰苦奋斗，建设者们在摸索实验中解决了一个又一个难题，终于建成了这个拥有远东最大排灌能力，兼有发电、航运能力的综合水利枢纽。全站共有33台机组，总功率为4.98万千瓦，每秒钟可提引江水473立方米，自引江水550立方米。"引长江，连淮河，串湖泊，衔五百流量之江水，攀四十米之高程，越五百公里之坎坷，达淮北千万顷之渴沃，并吞吐淮河里下河之潦涝入江"，往日桀骜不驯的长江、淮河，终于实现跨流域互调。

通过八级提水站，长江水由低向高逆流而上，直送徐淮地区和洪泽湖畔的安徽毗邻地区，直接灌溉360多万亩农田，为苏北地区抗旱排涝、夺取农业丰产、人民安居乐业做出重要贡献。

江都水利枢纽完工初期

1978年徐淮地区严重缺水，江都水利枢纽输送近60亿吨长江水，有效解决了工农业生产和人们生活用水，不再有"江水望不到，淮水不可靠"的无奈悲叹。1991年百年未遇的大涝中，江都站共倒排洪水达27亿立方米，有效地缓解了苏北的灾情，避免了水漫泽国、饿殍遍野的历史悲剧的重演。1994年大旱之年，苏北农业生产仍获丰收，仓满囤盈。

在排灌的淡季，江都水利枢纽还利用淮河余水发电3000千瓦，将强大的电流输进电网，给远近的工厂、农村送去一片光明。江都水利枢纽的入口处矗立着一块"源头"石碑，这是当年为纪念南水北调东线一期工程开工而立，碑上刻有《源头记》，上面写道："而江淮儿女，矢志不渝，气吞山河，拓进不息，终成降龙伏虎之鼎器……从此，淮北旱涝无虞。流泉鸣处，陇亩平添锦绣，粮仓涌立；碧波荡时，街衢插翅腾飞，万象更新。

江都水利枢纽"源头"石碑

此则江都水利枢纽工程之为也,其效其益,难述备矣。"

2002年,国务院全面启动东、中、西"三路"调水,宏大的南水北调工程拉开大幕。东线工程从江都提水,连通洪泽湖、骆马湖、南四湖、东平湖等,向黄淮海平原和胶东地区提供生产生活用水,实现了国家关于水资源"空间均衡"的伟大战略构想。

"古有李冰都江堰,今有人民江都站。"从江水北调奠基石到南水北调开新篇,江都水利枢纽见证了新中国建设的辉煌历史和江苏人民的伟大创造精神。

(杨妍 整理)

一稻济苍生
——记农民水稻专家陈永康

"看戏要看梅兰芳，种田要学陈永康。"这是一首20世纪50年代流传在江南的民谣。民谣里说的，便是"农业爱国丰产模范""全国劳动模范"陈永康。

陈永康是一位地地道道的农民，1907年4月出生于江苏松江（今属上海），因为家贫，没读过几年书，十几岁就开始种田。

陈永康

有一天，陈永康出去走亲戚，回来路上看到一块稻田长势特别好，便摘了些长得饱满的穗子，回家用"一穗传"的方法培植繁育。但在旧社会，田地产量越高往往受剥削越重，丰产反而带来灾难。陈永康和广大贫苦百姓一样不敢让水稻高产。

新中国成立后，国家百废待兴，党和政府下决心解决老百姓的吃饭问题，鼓励广大农民积极种田、种好田、出高产。随着农村实现"耕者有其田"，陈永康终于有了大展身手的舞台。他将自己选育出的单季晚粳稻良种命名为"老来青"，精心种植，1951年便达到了平均亩产500多公斤，最高一亩为716.5公斤，超过一般产量1倍以上，创造了当时华东地区水稻单位面积产量最高纪录。那个年代，一亩地产粮超千斤是不得了的事情。1951年12月20日，《解放日报》在头版报道了陈永康晚粳稻亩产千斤的消息。

然而，这样的高产却并不稳定。陈永康只读过两年书，识字也不多，过去种田基本上是跟着经验走。他逐渐明白，种田不但要付出艰辛的劳动，同时也要动脑筋总结经验。他努力学习，和省里、县里派来帮助他的专家们一起研究，和农民们一起摸索，终于把经验提升到了理论高度，对水稻种植过程进行了科学化控制，第一次提炼出了"落谷稀、育壮秧、小株密植"的水稻种植经验。在与专家们讨论交流"吊稻穗"经验时，面对专家提出的问题，陈永康总能对答如流。华东农业科学研究所水稻专家吴阆说："陈永康真不简单，这哪里是农民的经验，这是地地道道的科学呀！老陈是一个有科学头脑的不寻常的农民！"

1958年，江苏省委调陈永康到农业科学院江苏分院工作，专门研究水稻。一个赤脚农民被聘请到国家级研究所当研究员，陈永康激动万分，他说："旧社会把我当草，共产党把我当作宝，我一定要在向科学化进军的道路上努力学习，争取更大的成绩，绝不辜负党和家乡人民对我的期望。"

江苏省委、省人民政府在太湖地区建立基地和样板，将"老来青"水稻良种和陈永康创造的单季晚稻"三黑三黄"看苗诊断技术，以及一整套的综合性水稻高产早培体系进行推广。1964年至1966年，陈永康在时属江苏吴县的望亭公社蹲点，短短3年时间，就使当地3万多亩水稻样板田从1963年的亩产670斤提高到平均近千斤；整个苏州地区的水稻单产，也从亩产640斤提高到855斤。一粒种子造福天下苍生，陈永康培育的水稻良种"老来青"先后被全国22个省市及15个国家引种，水稻高产技术的应用面积达到了700万公顷，创造了数十亿元的经济价值。

1965年，江苏省委发出通知，号召向陈永康学习。凡是多次见过陈永康或者和他长期相处过的人，都会对他那严谨的科学态度和踏实的工作作风留下深刻的印象。他的儿子曾这样回忆父亲：无论是出名前还是成名后，他都不抽烟不喝酒，能省就省，能俭就俭，穿着更是不讲究。夏天就头戴一顶草帽，身穿黑色土布短裤和背心，赤着脚板连鞋也不穿。别人担心他戳破脚板，他则告诉人家，他的脚底板练出来了，不怕戳也不怕烫。到农科院工作后，衣着也没有多大变化。陈永康曾风趣地说：赤脚走路爽气，随你什么高级皮鞋，鞋底只会越穿越薄，只有我这双"永久"牌皮鞋，"鞋底"越走越厚，越走越牢。

1964年，陈永康科学种田做示范

陈永康（右二）在田头

一手老茧，两脚泥浆的陈永康，就这样身披阳光，走出了一条实践之路。他坚信"世界上没有学不会的事情"，曾两次被评为"全国劳动模范"，受到过毛泽东主席和周恩来总理的亲切接见。1966年在新中国成立17周年庆典中，陈永康作为农民代表光荣地登上了天安门城楼。

20世纪70年代以后，陈永康又致力于研究双季稻、三熟制和杂交水稻的高产规律和技术。1977年，陈永康70岁了，已任江苏省农业科学院副院长、党组成员的他，身影仍频繁出现在乡间田边，亲自下田操作、传授技术。即使生病住院，他都趁规定的散步时间，偷偷溜回试验田。1978年，《陈永康水稻高产栽培技术经验》综合研究项目及其成果，荣获全国科学大会奖。陈永康亲自设计操作2.95亩试验田，创造了麦、稻、稻三熟亩产3053斤的高产记录。

陈永康曾有两个梦想：一是创造出一套先进的水稻高产经验；二是把自己所懂的一切，全部教给青年一代。那时，从各地慕名而来学习水稻技术的人络绎不绝，为了将自己的经验传授下去，陈永康总是坚持亲自下田示范。春天，脚踩水田烂泥，冰凉寒气钻心；夏日，头顶骄阳烈火，田里热气蒸人。操作的同时还要讲解。由于来参观的人多，经常需要起早带晚，连续8小时、10小时演示，别说陈永康这时已是六七十岁的老人了，即使年轻力壮者也未必力所能及，可陈永康却从不推辞。

陈永康就这样在田里忙碌了一辈子，把自己的一切都奉献给了水稻种植，直至生命的最后一刻。

（杨溯　整理）

踔厉奋发谱新篇

春风第一枝
——《实践是检验真理的唯一标准》诞生纪实

1978年5月11日,《光明日报》发表特约评论员文章《实践是检验真理的唯一标准》,在全党全国范围内引发关于真理标准问题的大讨论,"对于促进全党同志和全国人民解放思想,端正思想路线,具有深远的历史意义"。在这场影响深远的大讨论中,江苏理论工作者做出了重要贡献。

1976年10月,中央政治局执行党和人民的意志,一举粉碎"四人帮",结束了延续10年的"文化大革命"。此时,党面临着全面拨乱反正的任务,但"左"的思想依然束缚着人们的头脑。1977年2月,两报一刊联合发表社论《学好文件抓住纲》,提出了"两个凡是"。这个方针在理论上违背了马克思主义基本原理,在实践上为坚持真理、修正错误设置了障碍,使党和国家的事业出现了在徘徊中前进的局面。

怀着强烈的历史责任感和知识分子的自觉,时任南京大学哲学系教师的胡福明谋划着要写一篇文章。他反复考虑了3个月,认为必须从认识论上根本解决问题,回答什么是区分正确路线和错误路线、是和非的标准，什么是对待马列主义、毛泽东思想的正确态度这样的问题。

当时，胡福明的妻子检查出肿瘤，需

胡福明

要住院做手术。于是他干脆将《马克思恩格斯选集》《列宁选集》和《毛泽东选集》等搬到医院里，一边陪护住院的妻子，一边利用闲暇时间翻阅经典，写出了8000多字的长文，题目是《实践是检验真理的标准》。随后，他把稿子寄给了《光明日报》。

4个月后，胡福明收到《光明日报》编辑部寄回的清样并附带一封信，告知其"文章会采用，但是需要进一步修改"。随后，《光明日报》总编辑杨西光、理论部主任马沛文以及中央党校理论研究室的孙长江等人一起对稿件进行研究和修改，并在标题中加入"唯一"二字以增加战斗力。

1978年5月10日，该文章经由当时的中央党校副校长胡耀邦审定后在中央党校内部刊物《理论动态》第60期率先刊发。5月11日，《光明日报》以特约评论员名义公开发表这篇文章，新华社向全国转发。

胡福明手稿

文章鲜明地指出，社会实践不仅是检验真理的标准，而且是唯一的标准。对"四人帮"设置的禁区"要敢于去触及，敢于去弄清是非"。不能拿现成的公式去限制、宰割、裁剪无限丰富的飞速发展的革命实践，应该勇于研究新的实践中提出的新问题。

这篇文章在广大干部群众中激起强烈反响，引发了关于真理标准问题的大讨论。实践是检验真理的唯一标准，本来是马克思主义的常识。但由于其同"两个凡是"尖锐对立，并且触及盛行多年的思想僵化和个人崇拜，因此真理标准问题讨论一开始就受到一些人的强烈指责。

关键时刻，邓小平等老一辈革命家给予及时而有力的支持。

1978年6月2日，邓小平在全军政治工作会议上发表讲话，着重阐述了毛泽东关于实事求是的观点，号召"拨乱反正，打破精神枷锁，使我们的思想来个大解放"。

1978年，《光明日报》发表南京大学胡福明为作者之一的特约评论员文章《实践是检验真理的唯一标准》，引发全国真理标准问题大讨论

  1978年12月13日，在中央工作会议闭幕会上，邓小平同志做了《解放思想，实事求是，团结一致向前看》的讲话。这个讲话实际上成为随后召开的党的十一届三中全会的主题报告。在十一届三中全会上，党中央做出了把全党工作重点转移到经济建设上来和实行改革开放的重大决策，奏响了改革开放的时代乐章。

  回望历史，《实践是检验真理的唯一标准》一文无疑如同一声春雷，冲破了"左"的束缚，打开了思想解放的闸门，为党重新确立马克思主义的思想路线、政治路线和组织路线奠定了思想基础。

（张俊梅　整理）

春到上塘：江苏农村改革的先声

1978年12月，中共十一届三中全会做出把党的工作中心转移到经济建设上来、实行改革开放的伟大决策，实现了新中国成立以来党的历史上具有深远意义的伟大转折。改革的春风，吹开了禁锢在人们头脑里的枷锁，而随着思想解放闸门的打开，

当年上塘公社破旧的农家茅屋

位于江苏省淮阴地区（现属江苏省宿迁市）泗洪县的上塘公社开始悄然涌动着奋起改革的热流。

泗洪县历史上是江苏省最贫困的县之一，上塘公社又是泗洪县最贫困的公社。1978年、1979年，泗洪县农民人均纯收入分别为44元、42元，在江苏各市县中列倒数第一。从1969年到1978年的10年间，国家给上塘公社的财政经费支持共计138万元，供应粮食1000万斤，但上塘仍然摆脱不了穷困的状况。究其原因，不仅是这里土地贫瘠，水源匮乏，自然条件较差，更主要的是受"文化大革命"中"左"的思想束缚，农民在集中劳动、按工分分配的制度下，干活"大呼隆"、分配"大锅饭"，不但生产劳动的积极性受到抑制，还严重影响了劳动生产率的提高和农村经济社会的发展。

1978年，上塘遭受了历史上罕见的旱灾，大部分田地绝收。全公社处于人缺粮、牛缺草、地无种子的严重困境，80%的生产队无力进行简单再生产，吃饭成了现实难题，群众生活只能靠政府救济维持。穷则思变，上塘人在艰难中毅然冲破"左"的束缚，自发地实行包产到户。

改革首先在上塘公社垫湖大队第五生产队——小苏庄开始。小苏庄又名大任庄，位于苏皖两省交界处。这年秋天，在生产队长任孝干和会计苏道永的带领下，垫湖五队的30多户农民，偷偷将260多亩集体土地分给各户自由种植。由于怕被戴上"分田单干"的帽子，改革在隐蔽中进行。农民们在路口设暗哨，见有外地人或干部来，急传暗号，分散干活的社员马上就集中到一起干活，等人走了，又分开各干各的。

事实证明，改革极大解放了生产力，群众的潜力得到充分释放。1978年前，垫湖五队没有分文积累，还背了几千元的债，连花生种子都要外借。实行改革后，垫湖五队1979年、1980年连续两年粮食大丰收。社员吃粮不愁了，还卖余粮5万多斤，人均分配翻了两番，生产队新旧债全部还清，买了柴油机等农用设备，固定资产达1万元，还留了4000元现金。

垫湖五队包产到户取得农业大丰收的事，很快在上塘公社传开了。在认真学习《中共中央关于加快农业发展若干问题的决定（草案）》和《农村人民公社工作条例（试行草案）》文件精神后，上塘公社的干部和社员群众决定因地制宜实行联产计酬责任制，其中有包产到组的，有包产到劳的，也有包产到户的。1980年，上塘公社将这种责任制进一步进行推广和完善，并逐步扩大到林、牧、副、渔等方面。1981年，上塘公社85%的生产队搞了单项作物联产到户，15%左右的生产队搞了全面包产到户。

1980年，上塘公社取得了前所未有的大丰收——8万亩粮田，亩产比1979年增产6%，向国家出售余粮120万斤，这是新中国成立后的第一次。家庭联产承包责任制给上塘人带来了红红火火的"春天"。

上塘公社的改革并不是一帆风顺的。在实施家庭联产承包责任制的过程中，当地干部和群众也经受了不少非议和指责。就在这时，1981年3月4日，《人民日报》刊发通讯《春到上塘》，

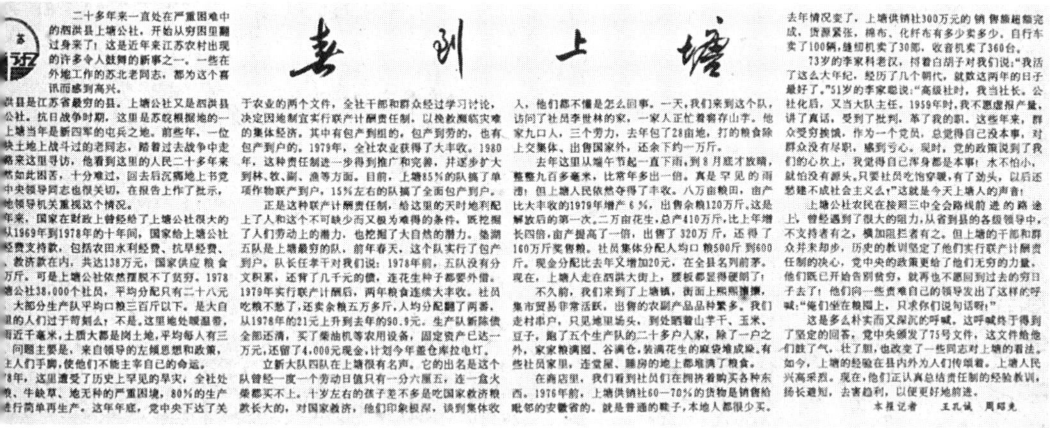

《人民日报》刊登的《春到上塘》报道

以大量数据和事实反映上塘实行改革后的巨大变化，对江苏农民的创举给予充分肯定。上塘镇垫湖村由此被誉为"江苏农村改革第一村"。

上塘公社的大胆实践拉开了江苏农村经济体制改革的大幕。从联产计酬责任制的试点逐步展开，到多种形式的生产责任制逐步推开，再到包产到户、包干到户走向稳定完善，联产承包责任制得以在江苏全省普遍实行。这场改革极大地解放了农村生产力，促进了农村经济的全面发展，江苏广大农村发生了翻天覆地的变化。

春到上塘，雨润岗绿。矗立在垫湖村农民活动广场上的"春到上塘纪念馆"，铭记着40多年前上塘人勇于改革、敢为人先

"春到上塘"纪念馆

的智慧和勇气,也激励着上塘人大胆创新、务实苦干,奋力续写新时代"春到上塘"新传奇。

(邢逸　整理)

无锡堰桥：乡镇企业的"小岗村"

1978年12月，党的十一届三中全会召开，中国吹响了改革开放的号角，解放思想的浪潮一浪高过一浪。1982年，是安徽小岗村实行承包到户的第四年，中国农村正在逐步推广家庭联产承包责任制，但各地速度有快有慢。这一年，江苏省无锡县（今无锡市）惠山区堰桥街道堰桥乡的一场罕见的秋雨，让马上就要丰收的稻谷浸泡在水中。由于"大锅饭"的原因，农民缺乏抢收积极性。于是，乡党委决定马上推进联产承包责任制，抢收水稻。结果，快速分田到户的18个大队抢收完毕，而分田到户速度最慢的一个大队，很多粮食都烂在了田里。

这件事，启发了乡党委：在堰桥这个乡镇企业发达的苏南小镇，不少乡镇企业长期经营困难，那么能否把"承包责任制"运用到企业，改善经营呢？当时，农村承包到户已有文件，但乡镇企业的承包在全国还没有先例，中央、省里也没任何文件，堰桥乡党委决定做"第一个吃螃蟹"的人。

堰桥党委政府研究"一包三改"方案场景

堰桥乡有个服装厂，3 年连续亏损 5.7 万元。周边市场服装奇缺，但工厂就是不盈利，换了 3 位厂长，一点起色都没有。乡党委决定以该厂作为"试点"，抛出了承包方案：全年上交利润 5000 元，超额部分由厂长自行处理。谁愿意承包，谁就当厂长。

方案一出，就在厂里引发了热烈的反响。在工友们的支持下，3 名裁缝师傅竞相上台，发表"竞选演说"，最后全厂职工投票，选出厂长。新厂长也很有办法，上任后立即实行了"定额计件制"，工人和生产小组谁超额完成，立刻有奖。结果，工人生产积极性高涨，一个月时间，服装厂竟然奇迹般扭亏为盈，首次盈利近 500 元，职工工资也增至 50 多元，皆大欢喜。

服装厂试点成功，增强了堰桥乡党委的改革信心。在此之后，堰桥乡党委又在有300多名职工的无锡县橡胶厂再次进行试点，结果新厂长上任不久，工厂就完成了指标，堰桥乡党委倍受鼓舞，决定全面推广这一制度。

对堰桥乡的做法，当时社会上议论纷纷，闲言碎语铺天盖地。服装厂裁缝师傅竟选当厂长，有人批评"用人不当，阶级立场不稳"，有的说"这是破坏干部路线"，有的说，这是"违反财经纪律""堰桥成了大庄园又出大地主"。人民来信、控告信，一封封寄到县委，指责堰桥"走资本主义道路""培养资本家"。在这种困难的情况下，无锡县委旗帜鲜明地支持堰桥的改革，明确表态：堰桥乡改革方向对头，办法可行，县委坚决支持。关键时刻，县委的支持让堰桥乡的改革更有底气，企业承包制也犹如星星之火在堰桥迅速蔓延。

全县第一个私人购买拖拉机的社员、第一个私人组建的建筑队、第一个私人承包农场等纷纷涌现。与此同时，堰桥实行改革的18家企业，也交出了一份份靓丽的成绩单。1983年年底，堰桥乡乡镇工业总产值比改革前增长55.3%，实现利润比上年增长72.8%，农民人均收入504元，比上年增长了一倍多。

1984年3月，无锡市委派调研小组来堰桥乡了解情况并形成报告，将经济承包责任制、干部聘用制、工人合同制、工资浮动制这4个方面的经验概括为"一包三改"。报告中说："一包三改"，"包"是核心，"改"是前提和基础。"改"得坚决，"包"才能扎实。很快无锡市委把这项改革向全市推广，"一包三改"开始赢得多数人的肯定。

1984年4月13日,《人民日报》在头版刊登《堰桥乡镇企业全面改革一年见效》一文,并配发评论《把"包"字引向乡镇企业》

好消息接踵而来,1984年中央4号文件正式将"社队企业"更名为"乡镇企业",并提出大力发展乡镇企业。1984年4月13日,《人民日报》在头版刊发了《堰桥乡镇企业全面改革一年见效》的报道,并配发《把"包"字引向乡镇企业》的评论员文章,肯定了堰桥人民的首创精神。

1984年5月11日,江苏省委在无锡县堰桥乡召开座谈会,总结并赞扬堰桥乡经济改革所取得的经验和成绩。5月25日,江苏省委批转了无锡市委的报告,向全省乡镇企业推广无锡县堰桥乡创造的"一包三改"经验。此后,全国各地前往堰桥学习取经的人数多达数十万，"一包三改"经验正式从堰桥走向全国。

　　作为乡镇企业"小岗村"的堰桥，推动了无锡乡镇企业的异军突起，推动了苏南、江苏乃至国家农村工业化的发展道路。如今，在江苏民营企业百强榜上，有超过半数的企业是由当初的乡镇企业转制而来。它们，正继续在新时代焕发出高质量发展的勃勃生机。

堰桥全貌

（邢逸　整理）

办好办实农民"急难愁盼"事

改革开放之初,江苏省沙洲县(今张家港市)委在领导大力发展农村经济的同时,率先开展各级干部为农民办好事活动,深受群众拥护,得到广泛好评。在中央倡导下,全国各地纷纷学习、效仿,并逐步形成各级党委、政府每年公开承诺和落实为群众办好事、办实事的传统。

1981年3月13日《人民日报》报道
《沙洲县倡导各级干部为农民办好事》

1979年，沙洲县的锦丰公社党委发现，虽然党员人数增加很多，工作却比过去难做不少，党群关系也不如过去密切了。他们决定从实际出发，在大力发展农村经济的同时，重视和关心农民的生活，每年为群众办几件好事，以改善党群关系。一开始他们从当年春节供应入手，想方设法达到"一二三四五"，即过春节户户有一只家禽、二斤鱼、三斤肉、四个皮蛋、五斤豆腐，得到了群众的热烈拥护。此后几年，他们又组织生产和供应建筑材料，帮助1000多户社员翻建了新房；帮助30岁以上找不到对象的青年解决婚配难题，使110多人较快地成了家；尽可能安排200多个高龄青年进社队企业，改善这些人的经济条件；组织残疾社员办起福利工厂；给丧失工作能力的农村基层干部发退休津贴；有计划地修桥铺路，解决群众"行路难"问题；

1981年7月13日《人民日报》报道《沙洲县扎扎实实为农民办好事》

成立文艺宣传队,建起了影剧院(旧房改建)、图书馆等文化设施。

锦丰公社的做法,引起了沙洲县委的重视。县委及时介绍了他们的经验,认为切切实实为农民办好事,正是在经济上实行进一步调整和政治上实现进一步安定的需要,也是社会主义生产目的的体现和共产党员应尽的天职。沙洲县委积极倡导在全县县、社、队三级干部中广泛开展为人民群众,特别是为农民办好事的活动,努力发扬社会主义精神文明。

县委专门组织干部深入社队,就社员生活问题进行调查研究。根据调查到的情况,围绕衣、食、住、行、婚姻、保健和文化娱乐等7个方面,提出了20个为群众办好事的项目。在全县三级干部会议上,他们分别排出短期和长期项目清单,号召有关部门和各级党政干部结合本地实际,抓紧逐项落实。

这一时期,沙洲全县有草房、缺房户3.9万多户。针对建筑材料供应不足这一突出困难,县委紧急安排生产和供应砖2700万块、瓦60万张、桁条4万根、石灰5000吨、水泥3000吨、木材600立方米,并规划3年内根本解决这一问题。由于农药、工业废水和人畜粪便污染,许多社队饮水卫生条件差,县里专门拨出5万元和一些砖、水泥等材料修建水井。全县有300多处该建桥的地方没有桥,给农民的生产和生活带来不便,县里就组织交通部门与有关社队配合,规划1981年年底前建造完成246座桥梁。与此同时,县里还在公共汽车的一些停靠站台搭建了候车棚,给乘客避风躲雨;关心老、残、妇、幼,除了办好原来的 7 个敬老院外，其余孤老孤儿都分散在各生产队实行"五保"；办了 5 个病残人福利工厂；对妇女全面实行"五期保护"和产假制度，加强对妇女病的普查和防治；全县办托儿所、幼儿班 5860 多个，入托、入园儿童达 77.7%。县委还和卫生部门一起研究制订了巩固提高合作医疗的规划。随着农民物质生活的改善，县委又尽可能满足他们精神生活的需要，建立农村文化中心。全县半数左右的大队建有图书、棋类、球类等内容的农民俱乐部。

喜笑颜开的沙洲农民

沙洲县委发动三级干部为农民办好事，收到良好效果，改善了党群、干群关系，提高了农民办好集体经济的积极性，促进了安定团结，推动了小城镇和农村建设。有的农民说：还是社会主义可爱，共产党可亲，党的干部可敬。一些干部也反映：现在下乡，群众有话愿跟我们说了，我们的话也比过去管用了。

1981 年 5 月，江苏省委政策研究室经过调查研究，形成了

《关于沙洲县各级干部为农民办好事的情况调查报告》。7月9日,中央办公厅以中办〔1981〕27号文件批转这篇调查报告。7月13日,《人民日报》头版刊登《沙洲县扎扎实实为农民办好事》,并配发编者按,给予充分肯定。沙洲县各级干部为农民办好事的经验由此在全国推广。

  40多年前沙洲县坚持为群众办好事、办实事的生动实践,充分践行了我们党"全心全意为人民服务"的庄严承诺,深刻启示我们要始终牢记党的根本宗旨,始终同人民想在一起、干在一起,风雨同舟,同甘共苦,继续为实现人民对美好生活的向往不懈努力。

（张磊　整理）

金陵饭店:勇立潮头,缔造"华夏第一高楼"

今天的金陵饭店矗立于南京新街口的摩天大厦中,并不十分起眼。但在 30 多年前的南京,乃至全中国,它的诞生却有着石破天惊的反响。它是江苏从实际出发,大胆尝试,在没有任何经验的情况下,利用侨资、外资建设的涉外旅游饭店。当时

金陵饭店夜色

的"华夏第一高楼"——金陵饭店不仅仅是一个地理坐标,也成为中国改革开放的时代坐标。

1978年,十一届三中全会召开前夕,邓小平在同国家旅游局和民航总局负责人谈话中说:"民航、旅游这两个行业很值得搞",并指出要利用侨资、外资建造旅游饭店,加快发展旅游业。为此,谷牧、廖承志在北京召集会议,传达邓小平同志指示精神,部署具体措施。很快,国务院批准立项建设国内首批6家旅游饭店,包括北京建国饭店、长城饭店,广州白天鹅宾馆,上海华亭宾馆、虹桥宾馆,南京金陵饭店。由此开启了中国酒店旅游业由封闭走向开放、由落后走向繁荣的历史进程。

饭店建设项目批下来了,但难题接踵而来。首先是资金问题。当时的南京,市财政只能维持"吃饭",很难有余力顾及地方经济建设和社会事业投入。金陵饭店4000万美元的建设资金,无异于天文数字。在此情况下,只能靠贷款。但如此巨额的贷款,谁来担保?按原先的设想,是由省内的银行提供担保,但跑了一家又一家银行,都被婉言拒绝了。万般无奈之下,决定由南京市财政来担保。借款方香港汇丰银行同意采取这种方式,但提出,南京市财政担保不行,必须由江苏省财政担保。时任江苏省委书记处书记兼南京市委第一书记的储江迅速向当时的省委主要负责人汇报,得到了肯定答复。储江担心夜长梦多,就在发给香港汇丰的电报上签字"同意由江苏省财政担保"。储江后来回忆说,当时自己虽是省委书记处书记,但严格来说,不应该由他签这个字。可是这个项目已经拖得太久,时间不等人,错过了这个机会，也许就要黄掉了。那时，国内连与担保相关的法律规定都没有，这一决策可谓"大胆"甚至冒险。金陵饭店由此成为全国第一家自借外贷的国有企业。

钱有了，楼怎么建？在原先的设计中，金陵饭店是两座楼、800个房间。地质勘探时，发现在岩石层中有流沙层，必须提高原有设计的地基标准，这样就必然要增加费用，而每间4万美元的标准是不能变的。如果仅建设其中一座，那么就达不到800个房间的要求，将直接影响饭店的经营效益，从而导致不能按计划还完贷款。开会研究这个问题时，大家提出了很多方案，都因这样或那样的问题被一一否决。会开了很长时间，就在大家莫衷一是时，有位同志提出："实在没办法，就把两座楼摞一起得了。"这意味着，饭店将高达百米以上，比当时中国内地的第一高楼上海国际饭店（高83.8米）还要高出20多米。

没想到，这么大胆的设想，竟得到了设计方的认可。他们认为，虽然建设这样的高楼有一定难度和困难，但这个想法是可行的。新的设计方案出来后，近百名全国知名的建筑专家参加了论证会。经过认真的讨论研究，方案日趋完善。土木工程专家刘树勋表示："方案设计科学周到，尤其是四个角处理得非常好。"就这样，建37层高楼的方案确定下来。

1980年3月，饭店正式破土动工。建设工程由南京市第一建筑公司、江苏省设备安装公司承建。由于精心组织、严格要求，施工单位狠抓管理、大胆革新，采用新工艺、保证质量，创造了中国高层建筑史上的奇迹，取得了当时许多国内"第一"——

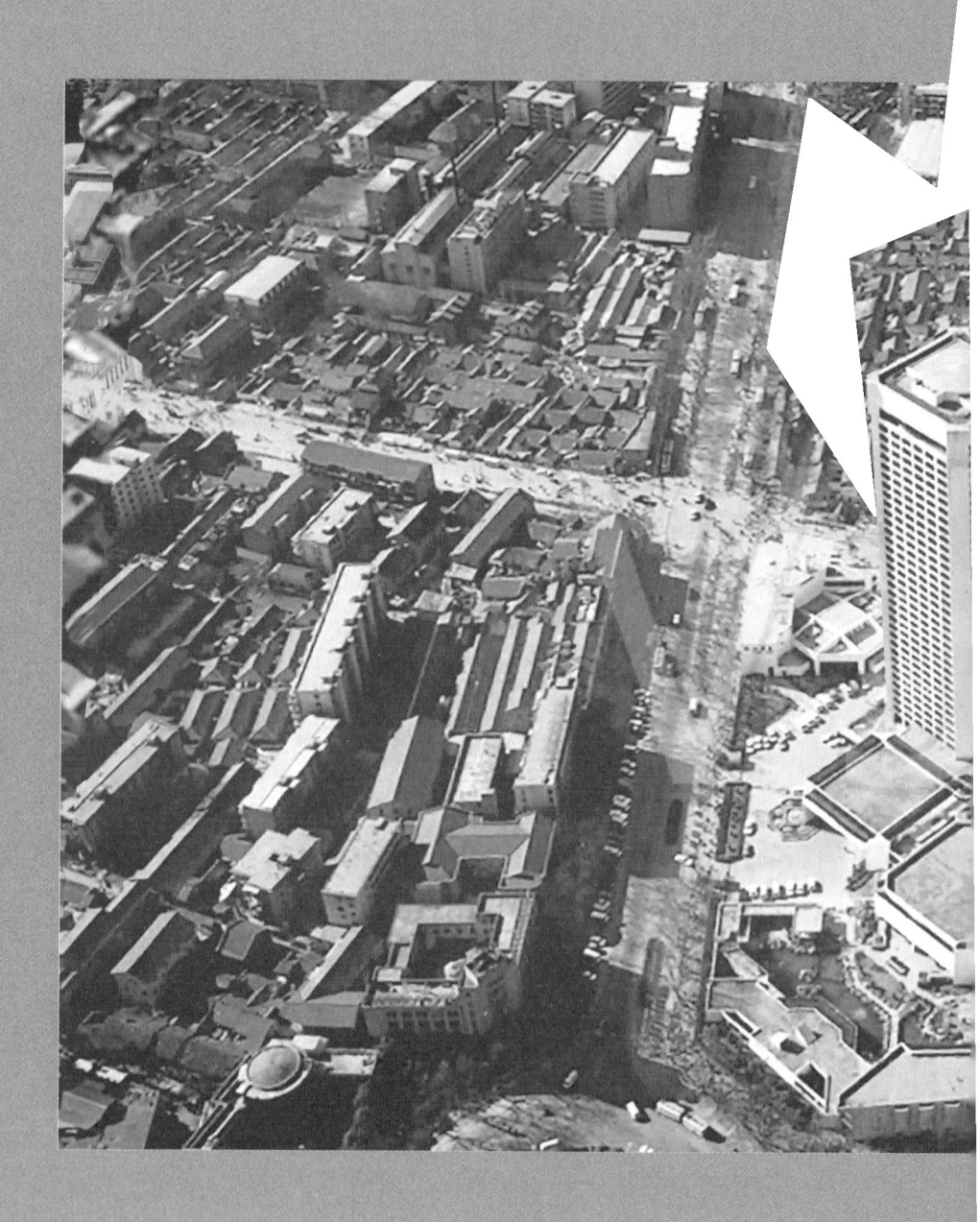

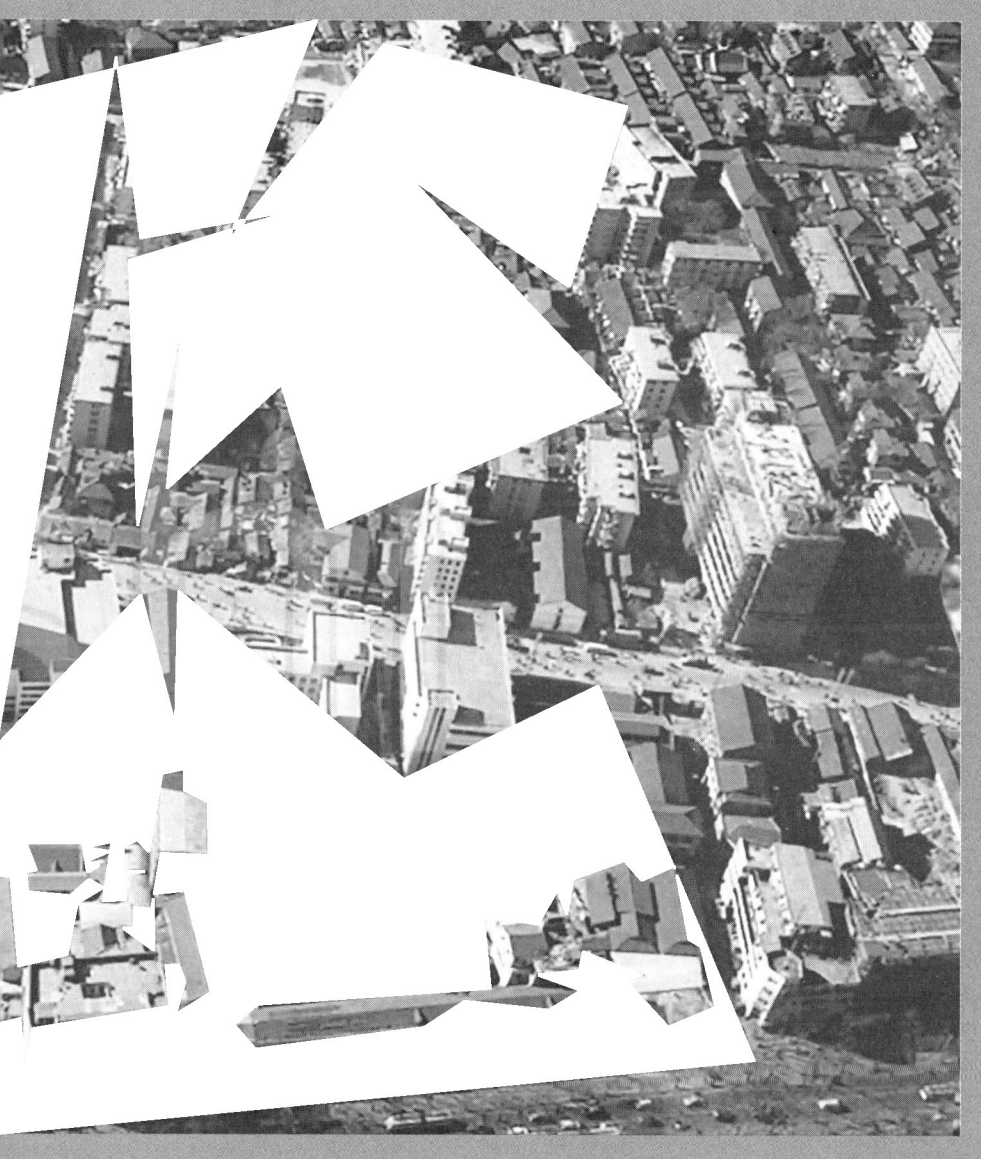

1986年的金陵饭店鸟瞰图

中国第一高楼（111.4 米）、中国第一个高层旋转餐厅、中国第一部高速电梯、中国第一个高楼直升机停机坪……

可这样一个庞大的国际化酒店，如何管理，又成为一大难题。在市委、市政府慎重考察后，1982 年 3 月，金陵饭店领导班子成立，张海萍任党委书记，周鸿猷任总经理。这是一个敢想敢干、勇于创新的班子。走马上任后，他们就做出一个大胆的决定，自己管理酒店。在当时，选择自管是需要相当大的勇气的。但正是这样，才为中国人自己管理酒店趟出了一条道路。

周鸿猷选择了有国际最佳酒店集团称号的香港文华东方酒店集团作为老师，派出了一支 13 人的"业务骨干团"去学习。他们每天只睡 6 小时，仅用一个半月，就学完了半年课程。实

金陵饭店开业典礼

践证明，这 13 个人像火种一般，把国际最先进的酒店管理经验带到南京，缩短了"金陵"跃升"五星"的路程。

1983 年 10 月 4 日，金陵饭店开业。当时的金陵饭店房务总监洪伟娟回忆说："金陵饭店试营业第六天，我们就接待了时任法国总统密特朗，他对酒店评价很高。我们的服务非常细致，甚至连客人喜欢睡什么枕头、爱吃什么口味的菜，都有记录。"开业头两年，金陵饭店接待中外游客近 10 万人次，创造了高星级酒店入住率 80% 的奇迹。

1985 年 2 月 2 日，邓小平莅临饭店，赞许金陵饭店"管得很好"。一时间，金陵饭店名声大噪，"到南京，住金陵"，成为当时许多外商的时髦用语。人们到南京来，除了看中山陵、总统府，就是看金陵饭店。每天站在楼下仰头围观的人群，成了开业之后的另一番风景。他们说：抬头看一看它的高度，帽子就掉了。

作为改革开放的先行者，金陵饭店创造性地走出了一条中国人自己管理现代化国际酒店的成功之路，打造出了独具民族特色和国际水准的"金陵"品牌，骄傲地向世人展示了中国改革开放的成就，成为了一个让世界看到中国的窗口。

（邢逸　整理）

"耿车模式"的前世今生

20世纪80年代,邓小平同志赞扬农村乡镇企业"异军突起",说"我们完全没有预料到的最大的收获,就是乡镇企业发展起来了"。宿迁县(现为地级市)耿车乡(1987年建镇)的"耿车模式"与当时最具代表性的"苏南模式""温州模式"等并称中国区域经济发展的样板。

耿车是革命老区,耿车人民为抗日战争和解放战争的胜利做出过巨大牺牲和贡献,但当时的耿车也是远近闻名的"要饭乡"。耿车属于黄泛区,总是发大水,土地盐碱化,十粮九不收,群众生活十分困难。直到1978年,农民还推着集体单一经营农业的"独轮车","捆在一起穷",人均纯收入只有41元。

党的十一届三中全会以后,耿车推行家庭联产承包责任制,很快解决了温饱问题。之后,乡党委、政府从耿车实际出发,积极探索发展乡镇企业的新路子,大力鼓励农户发展个体企业和联户办企业,带动贫困户脱贫致富。1983年,在政府的引导下,听说废品回收能赚钱,一些党员村民干起了废旧塑料回收加工,将各地回收来的废旧塑料分拣清洗，再破碎造粒，一年能收入6万到8万元。那年头，万元户都很少见。轰动效应下，跟随者众多。很快，家家户户都干起来了，废旧塑料回收加工迅速成为当时耿车的支柱产业。村办、乡办企业也趁势发展起来，昔日的穷耿车一跃成为了苏北地区乡镇企业的排头兵。

"耿车模式"富了一方群众，加快了农民脱贫致富的步伐，废塑行业创造出巨大经济效益。1986年5月16日，《人民日报》刊发长篇通讯《"耿车模式"诞生记》，并配发短评《好一个"耿车模式"！》。

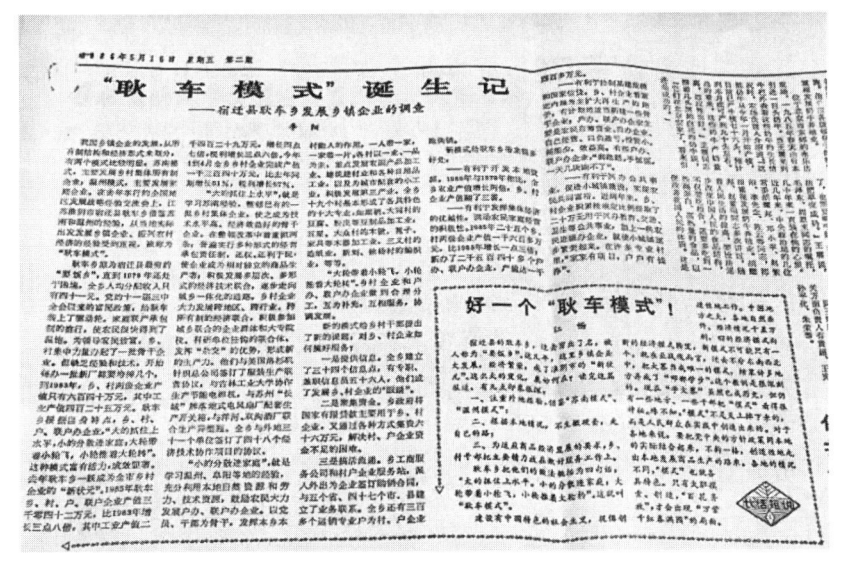

《人民日报》专题报道《"耿车模式"诞生记》

1986年3月，耿车发展乡镇企业的经验被总结为"四轮驱动，双轨运行"。也就是乡办、村办、联户办、户办，4个轮子一起转，集体经济和个体、私营经济协调发展。"大的集中上水平，小的分散进家庭，大轮带着小轮飞，小轮推着大轮转。"到了20世纪90年代，耿车深化乡镇企业改革，坚持公有制为主体、多种所有制经济共同发展，充分发挥机制灵活的优势。在"四个轮子一起转"的基础上，又加上股份制、股份合作制等，各种所有制经济共同发展，调动亿万农民和社会各方面的积极性。1998年前后，全国各地到耿车参观的干部群众有40多万人次。宿迁市委、市政府在宿迁县召开了现场会，要求因地制宜推广"耿车模式"，推动全市乡镇企业迅速健康地发展。

在废塑行业达到最高峰时，耿车片区年加工废旧塑料近300万吨，从业人员10万人，产值达80亿元，对镇财政和农民收入贡献率达8成以上，形成以耿车为中心、辐射100平方千米的再生资源回收加工集散地。但是，日益严峻的环境问题引起各级党委政府的高度重视。

"说是再生资源加工集散地，实际就是个垃圾集散地。"宿城区委原书记裴承前说，当时每年有150万吨塑料垃圾涌进这里，清洗破碎后加工成再生塑料颗粒卖到外地，废料污染却留在了本地。"穷光景里先顾生计，哪顾得上生态环境。"村头几个七八米深的池塘被塑料垃圾堆成了山，家家点火村村冒烟，散发出阵阵异味。

从2002年起，耿车曾尝试通过"内培外引"鼓励村民搞塑料深加工，但由于投入大、风险高，应者寥寥。2012年后又建设循环经济产业园，引导塑料大户到园区集中生产。然而，习惯了房前屋后清洗和简单加工废塑料的村民们不愿付租金入园，

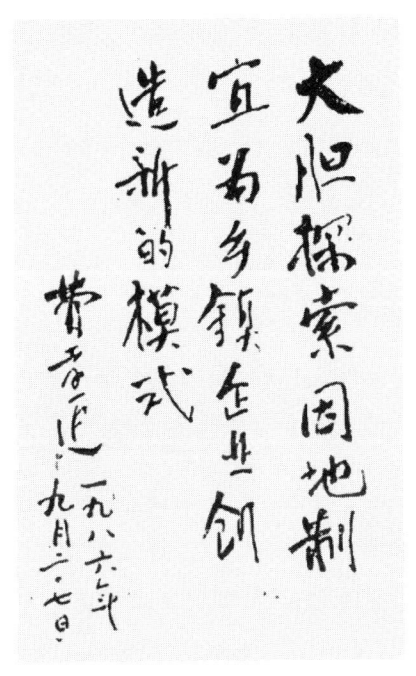

费孝通为"耿车模式"题词

积极性不高。

在"生计"与"生态"的不断考量与较量中，耿车的生态环境日渐恶化，蓝天碧水消失殆尽，当地百姓癌症高发率惊人。"贯彻新发展理念，走绿色发展之路"刻不容缓。2016年初，宿迁市委市政府经过深入调研，下定决心对废塑产业"彻底禁、禁彻底"。砸掉自己设备的那天，年入500万元的废塑大户张先进哭了。"我是大众村村委会副主任，也是一名老党员，治理是为了子孙后代，就得带头！"他签下承诺书，找来大货车，将3500吨废旧塑料材料全部处理了。66天时间，3471户废旧物资回收加工经营户全面清理到位，59个交易货场全部取缔，

61个地磅、2100户设施设备全部拆除。挖土机开进河塘沟渠，挖走20万吨塑料残料。后复垦土地2600多亩、整治河塘沟渠500多处、栽植苗木72万株，逐渐重现水清岸绿。耿车存续30年的废旧物资回收加工行业画上了句号。

宿迁市委、市政府打响了一场蓝天绿水保卫战，并积极引导群众走电子商务绿色发展之路。电商给耿车人带来新机遇，涌现出新一轮的创新创业潮：2016年，湖稍村的王赞回到家乡，专注宿舍家具等细分领域，带领全家从头再来；当年东奔西走收购旧塑的张先进，如今在家门口种植多肉植物，做起了"网红直播"，年营业额超千万元……仅1年时间，全镇3471户加工经营户，有2523户实现转型，其中从事电商的近7成。耿车形成了产业、创业、生态、文化"四轮齐转"的发展新模式。

环境整治后的耿车镇刘圩村风景如画

到 2018 年，家具家居、塑料制品、多肉园艺网店已有 2759 家，电商销售额达 50 亿元。

　　冲破以牺牲环境为代价的传统增长模式，耿车驶入了绿色转型路。从"耿车模式"到耿车转型，时代在变、路径在变，但探索创新、艰苦创业的精神，始终不变。

（张磊　整理）

"闯"出来的"昆山之路"

昆山是苏州的一个县级市,20世纪80年代,昆山人闯出一条以"艰苦创业、勇于创新、争先创优"为主要精神内涵的"昆山之路"。从那时起,昆山开始发生了翻天覆地的变化,逐步发展成为一个以开放型经济为主导、三次产业协调发展的新兴

昆山经济技术开发区

城市，成为全省乃至全国县(市)的一面旗帜。

昆山曾是一个传统的农业县。党的十一届三中全会以后，随着农村普遍推行家庭联产承包责任制及乡镇企业的崛起，昆山的经济有了较快的发展。但人们的头脑还被传统计划经济模式和"小富即安"等小农意识所禁锢，在乡镇企业起步早、发展快的苏南，本来就基础薄弱的昆山掉队了，不知不觉中它的工业经济在当时苏州市下辖的6个县中排到了末位，被人戏称为"小六子"。

穷则思变。1979年，党中央决定在深圳、珠海、厦门、汕头建立出口特区，后改名为经济特区。1984年5月，中央又决定进一步开放包括江苏的南通、连云港在内的14个沿海港口城市，在这些城市中划定一个区域，兴办经济技术开发区，并赋予类似经济特区的政策支持。国家的做法，给大家一个启发：如果能把开发区办好，对当地经济上新台阶，对深化改革、扩大开放将产生积极深远的影响。但是，昆山的行政级别只是一个县，要等到国家拿钱出来安排昆山建设一个县级的开发区，肯定是不可能的。于是，昆山的领导干部果断决策，仿效沿海开放城市兴办经济技术开发区的做法，自费开发一个工业新区。

与国家兴办的经济技术开发区不同，昆山自费开发新区的基础设施建设采取了一些独特的做法。一是依托老城、开发新区。既可以借用老城区的公共设施、住房、人才、技术，以及商业、金融、交通等第三产业优势为新区服务，又可借新区开发推动老城区改造，新老结合，整体推进，增强综合实力。二是"富规划、穷开发"。"富规划",就是着眼长远,科学规划,力求设计新,功能全,配套齐,标准高;"穷开发",就是勤俭节约,艰苦创业,不讲排场,不摆阔气,少花钱,多办事。从自费开发的实际出发,本着基建施工到哪儿,土地征用到哪儿,需要多少用多少,开发一片成一片的原则,量力而行,逐步地延伸。三是自费资金来源"四个一点"。即用财政借一点、银行贷一点、开发费收一点、公用设施单位支持一点的办法。采取了这些措施,新区建设取得了投资少、费用省、进展快的成效。

昆山土地多,农副产品资源丰富,劳动力素质较高,特别是紧靠上海,水陆交通都很便捷,这是昆山的独特优势。当时在改革开放搞活的大环境下,上海城市工业要扩大生产,产业升级,遭遇了空间小、劳动力紧张的瓶颈。内地一批"三线"军工企业实行"军转民"生产,也在寻求向沿海地区辐射扩展。因此,昆山自费开发的工业新区作为发展横向经济联合的载体,搭台内联、筑巢引凤,让上海、"三线"军工企业乃至海外客商前来投资办厂,用昆山的劳动力、土地、农副产品的优势与上海、"三线",以及台商、外商的资金、技术、设备、管理等优势交换互补,联营合作,很快就获得了高起点、跨越式的发展。

江苏省委、省政府支持昆山大胆闯、大胆试,同意搞自费开发区,并及时打报告请示国务院有关部门,很快得到了批准。此后,省委、省政府在多个会议和文件中明确强调,要进一步办好昆山经济技术开发区,进一步吸引外资,加强与上海等地的联合，推动本地区和全省经济的发展。这样，昆山抓住横向经济联合、外向型经济等机遇，着力兴办"三资"企业，还大胆提出改革土地使用制度，把有偿出让国有土地使用权与吸引外资投资兴办企业结合起来。1988年7月，经省政府批准，昆山有偿出让位于经济技术开发区的一块15亩国有土地的使用权，开创了全国县级城市工业用地有偿出让招商的先例。同年8月，昆山落户了全国县级第一家外商独资企业——苏旺你手套有限

昆山第一块国有土地使用权有偿出让签约仪式

苏旺你手套有限公司开工典礼

1988年7月22日,《人民日报》刊发评论员文章《"昆山之路"三评》

公司。

昆山的迅猛发展很快引起各方关注。1988年7月,《人民日报》在头版刊文《自费开发——记昆山经济技术开发区》,并配发《"昆山之路"三评》的评论员文章,对昆山坚持"穷开发、富规划"自费办经济技术开发区进行深入报道。从此"昆山之路"声名鹊起,远近闻名。1992年8月,昆山通过了"国批",正式进入国家级开发区序列,开创了地方自费开发区升格为国家级开发区的先例。2005年,昆山被评为中国经济最发达百强县第一名,此后连续20年在全国百强县中排名第一,成为江苏率先发展的典型。

(严文康　整理)

苏州工业园区创建始末

苏州工业园区是中国和新加坡两国政府间的重要合作项目，被誉为"中国改革开放的重要窗口"和"国际合作的成功范例"。

1990年4月，中国向全世界宣布开发开放上海浦东的重大战略决策。1992年初，邓小平视察南方时发表重要谈话，为新形势下坚持改革、扩大开放注入了强劲动力。同年10月召开的党的十四大，明确提出了建立社会主义市场经济体制的改革目标。中国的改革开放掀开了新的篇章。

1992年9月下旬，新加坡内阁资政李光耀应邀访问中国，在北京钓鱼台国宾馆和时任中共中央总书记江泽民、国家主席杨尚昆会见后，提出要到江苏的苏州看看。20世纪90年代初的江苏，刚刚走过被邓小平称之为"异军突起"的乡镇企业大发展阶段，正在实施接轨浦东和沿江、沿海、沿东陇海线"三沿"发展战略，着力发展开放型经济。

由于李光耀资政一行首次访问苏州时间短促，而双方想谈的事情很多，时任江苏省省长的陈焕友邀请李光耀资政第二年

1992年10月1日，李光耀（右四）首访苏州，在留园内合影留念

（即1993年）春暖花开之时再来美丽的苏州考察访问，深入探讨双方合作的可能性。李光耀资政当即欣然接受了邀请。

1993年5月，李光耀资政一行应邀访问苏州。5月11日早晨，中新双方举行正式会谈。会谈是在非常友好的气氛中进行的，双方一致同意合作建设苏州工业园区，其目标是：经过10多年时间，投资约200亿美元，建设一个70平方千米、60万人口的具有当代国际先进科技水平、环境优美的现代化生态园林城区。苏州市人民政府和新加坡劳工基金（国际）公司签订了合作开发苏州工业园区的原则协议书。

在中新双方为合作开发工业园区的接触和酝酿中，如何通过工业园区的开发，结合中国国情、借鉴新加坡的成功经验，始终是双方洽谈研究的一个重要内容。新加坡方面也通过外交信函，以李光耀资政的名义，向国务院提出了《关于与中国分享管理软件的建议》。10月26日，省长陈焕友和新加坡贸工部长丹纳巴南，签署了新加坡政府机构向江苏省苏州市提供经济和公共管理"软件"的备忘录。苏州市市长章新胜与新方吉宝财团主席沈基文签署了苏州工业园区商务协议书。

中新双方合作都有诚意，同时因涉及各自的利益，加上文化背景不同、社会环境存在差异，谈判桌上的争论不可避免。谈判中遇到合作项目的名称问题。新加坡有一个开发区叫"裕廊工业镇"，办得很成功，新方想和苏州合作的就是裕廊工业镇的模式，因此他们开始也想叫"苏州工业镇"。但是中方认为，"镇"在中国是行政单位，中外合作建设一个行政单位不妥，容易造成误解。于是双方协商，不叫"镇"，叫"园区"，这样就是一个经济地域的概念了，双方一致同意该项目定名为"苏州工业园区"（英文名为 Suzhou Industry Park，简称 SIP）。经过反复磋商，中新两国政府决定在苏州东南城郊的水乡开启经济合作的一次创造性实践。

1994年2月11日，国务院下发《关于开发建设苏州工业园区有关问题的批复》，同意江苏省苏州市同新加坡有关方面合作开发建设苏州工业园区。2月26日，中新两国在北京正式签订合作协议。5月12日，园区首期开发建设正式启动。1995年2月21日，中共苏州工业园区工作委员会和苏州工业园区管理委

1994年2月26日，中国、新加坡两国政府在北京签署《关于合作开发建设苏州工业园区协议》，时任国务院副总理李岚清（前排右）和新加坡内阁资政李光耀（前排左）代表两国政府在协议上签字

员会正式挂牌。

　　苏州工业园区成立之后，快速进入发展阶段，用25年时间就实现了从"水乡阡陌"到"现代化产业新城"的变迁、从"学习借鉴"到"品牌输出"的跨越、从"世界工厂"到"全球化配置资源"的转型、从"现代工业区"到"绿色生态城"的蝶变，吸引70多个国家和地区的近5000家外资企业在此深耕发展，同时园区支持300多家中国企业赴不同国家和地区投资布局，依托全国唯一的国家级境外投资服务示范平台，成为"一带一路"交汇点建设和长三角一体化的先行军。截至2020年，苏州工业园区连续5年位列国家级经开区综合考评第一，跻身科技部建

设世界一流高科技园区行列。

苏州工业园区的创建，是中国改革开放和现代化建设的生动写照，园区在结合国情系统借鉴国外有益经验、引进外资进行成片开发等方面的成功实践，对全省乃至全国坚持对外开放、发展开放型经济，都起到了重要的推动作用和示范作用，进一步增强了扩大对外开放、全面参与国际合作的坚定信心和决心。

苏州工业园区行政中心

（邢逸　整理）

敢为天下先的"张家港精神"

张家港地处苏州北部,建县初期发展水平并不高,经济结构单一,以农业为主,经济实力在当时苏州地区所辖县中倒数。改革开放以来,勤劳勇敢的张家港人拼抢机遇,担当实干,在实践中孕育形成了"团结拼搏、负重奋进、自加压力、敢于争先"的"张家港精神",创造了一个个发展奇迹,实现了从"苏南边角料"到"中国明星城"的精彩蝶变。

张家港的前身是1962年由常熟、江阴部分边远公社组建而成的沙洲县,1986年撤县建市。沙洲县成立之初,由于底子薄、经济基础薄弱,年生产总值不足1亿元。但沙洲人民"人穷志不穷",他们吃苦耐劳、敢闯敢拼,胸怀对美好生活的向往,秉持"穷则思变"的信念,在历届县委、县政府的带领下艰苦创业,治穷致富。他们逢山开路、遇水搭桥,发扬跑遍千山万水、说尽千言万语、排除千难万险、吃尽千辛万苦的"四千四万"精神,走出一条"乡镇企业异军突起"的探索发展之路,实现了由"农"到"工"的第一次飞跃。

在此期间，沙洲县委、县政府所在地杨舍镇，在这种拼搏发展的氛围里，逐渐焕发出生机和活力。20 世纪 70 年代末期的杨舍镇，房屋破旧，环境脏乱，交通闭塞，镇办企业寥寥无几，工业产值在当时苏州下辖 8 个城关镇中位于倒数第一。1978 年，秦振华出任杨舍镇党委书记。为了迅速改变落后面貌，镇领导班子带领全镇干部群众顽强拼搏，艰苦创业，短短几年，杨舍镇发生了巨大变化，乡镇企业从"寥寥无几"到"遍地开花"，1985 年成为江苏第一个工农业产值突破 1 亿元的城关镇。1991 年，杨舍镇工业总产值超 12 亿元，一跃成为苏州的"排头兵"，后来又成为苏州"南学盛泽，北学杨舍"的明星乡镇，在全国乡镇百颗星中跃居第 7 位。在创业过程中，杨舍镇广大党员干部形成了"为官一任、造福一方，顾全大局、乐于奉献，扶正祛邪、敢于碰硬，雷厉风行、脚踏实地，严于律己、以身作则，自加压力、永不满足"的"杨舍精神"，这就是"张家港精神"的雏形。

秦振华

1992 年，邓小平南方谈话使张家港进一步涌起改革开放的春潮。张家港深刻认识到，经济要腾飞，思想必先行，只有着力塑造和弘扬一种反映时代特点、体现区域特色、富有激励作用的精神，才能凝聚人心、鼓舞斗志，实现张家港的大发展、大跨越。因此，张家港市委在总结以往发展经验的基础上，把"杨舍精神"升华为"团结拼搏、负重奋进、自加压力、敢于争先"的16字"张家港精神"，为全市党员干部群众树立了一面在"苏南方阵"中争先进位的精神旗帜，并随即乘势喊出"工业超常熟，外贸超吴江，城建超昆山，各项工作争第一"的"三超一争"目标。这一年，张家港捕捉到国家要在江苏沿江建保税区的信息后，全力争取，得到省委、省政府大力支持。4月确定建立保税区，5月拿出方案，45天完成1284户民房拆迁，20天建成一条8公里长的铁丝网隔离带，90天建成8000平方米的港务局大楼，160天建成长江流域最大的万吨级码头……张家港人用不分

沙洲湖科创园

昼夜、志在必得的拼抢精神，拼抢到了全国第一个长江内河港口开发权和第一家内河港型保税区。

张家港在大力发展市场经济的同时，始终将精神文明建设融入经济社会发展大局，走出了一条以经济建设为中心、"两个文明"协调发展的成功之路。1994年张家港通过国家卫生城市验收后，在全国率先提出创建全国文明城市的口号，当时国家还没有文明城市的正式称号，更没有全国文明城市的创建标准，张家港自加压力、敢于争先、勇于担当，在全国文明城市创建活动中充分发挥"领头羊""排头兵"作用。1995年5月13日，时任中共中央总书记江泽民视察张家港时，为"张家港精神"亲笔题词。10月18日，全国精神文明建设经验交流会在张家港召开，"团结拼搏、负重奋进、自加压力、敢于争先"的"张家港精神"和"一把手抓两手、两手抓两手硬"的张家港经验走向了全国。同日，《人民日报》以《伟大理论的成功

张家港今貌

实践》为题发表评论员文章。从此,"张家港精神"闻名全国,成为苏州改革开放"三大法宝"之一。

源于实践、始于奋斗、凝聚强大力量的"张家港精神",是推动张家港发展进步的不竭动力,也是党领导人民在江苏这片热土上,解放思想、开拓创新,坚持改革开放伟大实践的生动体现。

(严文康 整理)

赵亚夫：把成绩写在大地上

早在20世纪80年代，"要致富，找亚夫，找到亚夫准能富"就在句容农民中广为流传。

句容是江苏镇江的一个县级市，位于茅山革命老区，千百年来，"贫瘠"一直是这片丘陵山区的代名词。如今，生活在这里的农民早已依靠现代农业实现了脱贫致富，而这一切都与赵亚夫密切相关。

赵亚夫

赵亚夫，1941年出生于常州，1961年从宜兴农林学院农学专业毕业后被分配到镇江农科所。从此，他便扎根农村大地，61年如一日，在帮助农民脱贫致富的道路上，用实干倾诉着对土地的一片深情。

工作之初，赵亚夫潜心研究水稻、小麦高产技术，曾在武进、丹阳、宜兴等地农村蹲点7年，为农民提供技术指导服务，与同事一起在宜兴县推广小麦、双季稻一年三熟制，创建了全省粮食单产最高的生产大队。

1982年，赵亚夫带队赴日本爱知县开展研修，这是他第一次走出国门，不禁对所见所闻感慨万千，并一遍遍地思考，日本农业何以发展得这么好。很快，赵亚夫锁定了品种优良的草莓，他暗自琢磨，同样是丘陵地带，草莓或许可以成为茅山人脱贫致富的捷径。就这样，赵亚夫在日本一边拼命学习种植、管理技术，一边做露天草莓种植试验，农忙期间每天工作16个小时。一年后，赵亚夫完成研修，带着20棵原种草莓苗和13箱农业书籍、技术资料回国了。

学成回国的赵亚夫，根据镇江丘陵地区的现实条件，提出了"水田增粮、岗坡致富"的工作思路，开始了带领农民实现由温饱到小康的探索。

1984年，带着由20棵原种草莓苗精心抚育成的6000多棵种苗，赵亚夫兴冲冲地来到句容市白兔镇解塘村，结果被当头浇了一盆冷水。当地很多人连草莓是什么都不知道，也没有农民愿意突破传统生产方式尝试种草莓。深思熟虑过后，赵亚夫决定采用"培养示范户"的方法推广草莓种植，即先选一户两户，播下星星之火，继而形成燎原之势，他称之为"先点亮一盏灯，再照亮一大片"。这个方法成功地推广了草莓种植。1987年，白兔镇露天草莓种植达7000余亩，农民的钱袋子终于鼓了起来。继而，赵亚夫又试验成功了大棚草莓。2003年，句容被中国特产之乡推荐暨宣传活动组委会授予"中国草莓之乡"称号。如今，以白兔镇、茅山镇为核心，连同句容东部、南部及邻近的丹徒、丹阳乡镇，形成了江苏著名的优质果树种植区。

赵亚夫为农民指导草莓种植技术

草莓推广成功之后，赵亚夫又开始思索农业科技推广的新路子。他带着科技人员直接到农村，搞科技示范园。1996年，赵亚夫设计的"万山红遍农业科技示范园"在句容白兔镇建成，这也是江苏省第一个丘陵地区的农业综合开发科技实验园。园内种植的都是瓜果菜粮的优良品种，农民可以随便进园看，随处跟着学，随时跟着干。以"万山红遍农业科技示范园"为基地，赵亚夫又亲手建起了后白、戴庄、磨盘等5个农业园区，形成了绵延10多公里的高效优质应时鲜果产业带。

2002年，从工作岗位退下来的赵亚夫，主动要求来到茅山老区丘陵腹地戴庄村工作。他根据戴庄村的实际情况，做了调整种植结构的规划，却遭遇了农民的冷眼。然而赵亚夫抱着"一个都不能少，一户都不能落，让大家都富起来"的朴素愿景，不顾农民的不解和身边人的劝阻，一边做大家的工作，沿用原来的路子搞农业科技推广，一边思考如何让缺乏劳动力和资金的真正贫困户脱贫。

从推广有机稻、有机桃开始，赵亚夫为戴庄设计的"农户＋合作社"的发展模式补齐了贫困户的致富短板。2010年，戴庄有机农业专业合作社被农业部确定为全国农民合作示范社。村民人均收入从2003年的2800元增长到2020年的3.4万元，村集体经济从欠账80万元到年收入420万元。省委、省政府先后3次发文推广戴庄经验。

赵亚夫冒雨指导农户科学种田

以茅山为起点，在实现

"农民富"的征途上,赵亚夫已经走了很多年,他把致富经从江苏念到了全国各地。

2008年汶川地震后,赵亚夫主动请缨,担任江苏对口支援四川绵竹灾区高效农业示范园技术总顾问,先后18次飞往绵竹援建灾区,指导建成江苏援川农业示范园,带动农民增收3亿元;2013年以来,赵亚夫带领团队积极参与东西部对口扶贫,走进陕西、江西、湖北、贵州、新疆、广西、重庆等地,累计推广新品种新技术350多万亩,惠及农户16万户,帮助农民增收近300亿元;2018年5月,亚夫团队工作室挂牌成立,建立了"亚夫团队工作室+地方分室+农业专家+乡土人才+种养大户"

赵亚夫查看果树种植情况

的组织体系，累计培育农村科技人才1200名……

赵亚夫一生扎根农村，奉献农业，"做给农民看，带着农民干，帮着农民销，实现农民富"，用行动践行乡村振兴的理想。在2021年2月召开的全国脱贫攻坚总结表彰大会上，习近平总书记向赵亚夫颁发脱贫攻坚楷模奖章和证书，并嘱咐他"把成绩写在大地上"。总书记的亲切嘱托，是赞扬，是勉励，更是鞭策，也为赵亚夫指明了新的奋斗方向：要在脱贫攻坚取得全面胜利后，在做好与乡村振兴衔接的历史性发展格局中，继续把科技兴农的成绩，更多、更好地写在更广阔的农村大地上。

（李小曼　整理）

"仙鹤姑娘"徐秀娟

"走过那条小河,你可曾听说,有一位女孩,她曾经来过。"这首被人们广为传唱的歌曲《一个真实的故事》,旋律凄美,如歌如泣,讲述了丹顶鹤女孩徐秀娟,用自己如花的年华、奋斗的青春、无私的奉献,在茫茫黄海滩涂上演绎的一段真实而又感人的故事。

1964年10月,徐秀娟出生于黑龙江省齐齐哈尔市的一个养鹤世家,父亲徐铁林是黑龙江扎龙自然保护区的一位养鹤专家。17岁那年,她跟随父亲从事养鹤、驯鹤工作,小小年纪就掌握了丹顶鹤、白枕鹤等珍禽饲养、繁殖、孵化、育雏全套技术,她所饲养的雏鹤成活率达到100%,扎龙自然保护区的孵鹤、养鹤、驯鹤技术因此蜚声国内外。1986年,刚从东北林业大学完成进修的徐秀娟,接到正在建设的盐城珍禽自然保护区的邀请,怀着对未来事业的憧憬,从家乡齐齐哈尔来到盐城。

盐城珍禽自然保护区创建初期,条件简陋,生活环境更是艰苦。徐秀娟没有被眼前的困难吓倒,她在日记中写道:"环境比预想的还要恶劣得多,但为了能在这里建成初具规模的鹤类研究基地,我可以舍弃一切常人应该得到的家庭温暖和个人幸福。"在她的带领下,芦苇荡里引流辟道,垦荒立灶,中国南方第一个珍禽驯养场建成了。她从数千里外的家乡带来3枚丹顶鹤蛋,经过精心孵化,成功破壳而出,创造了丹顶鹤在低纬度越冬区孵化成功并存活的奇迹,轰动了全国野生动物界。由此,盐城珍禽自然保护区开始了在野外繁殖驯养丹顶鹤的艰难历程。

工作中的徐秀娟

1987年7月,内蒙古呼伦贝尔盟赠给盐城自然保护区两只白天鹅"黎明"和"牧仁",徐秀娟承担了驯养任务。不久,"黎明"生病了,徐秀娟在宿舍里养护了它8天8夜。经过精心守护照料,"黎明"的病终于好了,她却病倒了。9月15日,"黎明"和"牧仁"接连飞走。徐秀娟寻至深夜,"牧仁"被找回来了,可"黎明"却还不见踪影。在黑夜浓密的芦苇丛中,她深一脚浅一脚地摸索着,呼唤着,却一无所获。第二天傍晚,已经两天两夜没休息的徐秀娟,突然听到复堆河西边有天鹅的鸣叫,高兴得一跃而起,顾不得病弱的身体,跳下河就向对岸游去。快到河心时,她的身躯开始慢慢下沉……这条她曾游过无数次的不足30米宽的复堆河,就这样无情地将她带走了。中国首位驯鹤姑娘、"鹤儿的人类姐姐"徐秀娟,将生命永远定格在23岁。

在徐秀娟追悼会上,她的父亲徐铁林,一位刚强的东北汉子泪流满面:"娟儿,爸不带你走了,你就在这里安息吧,让丹顶鹤陪伴着你。爸已决定把你的抚恤金全部捐献给保护区,用它来完成你未竟的事业。"《人民日报》《中国青年报》等相继报道徐秀娟的事迹,江苏省人民政府批准她为革命烈士,国务院环境保护委员会追认她为"全国环境保护先进工作者"。2017年,徐秀娟牺牲30周年之际,北京、齐齐哈尔和盐城三地同时举办纪念活动,纪念中国首位环保烈士。

徐秀娟留给人们最珍贵的精神,正如联合国环境规划署原执行主席多德斯韦尔女士说的:"未来世界的命运不是由武力和经济实力决定的,而是依赖你与我、人类与生物之间爱与爱相连、情与情相牵而铸成。我们对周围生灵的宽容所体现出来的价值,筑就我们的未来世界。今天,我们向徐秀娟烈士致敬的最好方式,莫过于我们携手实践上述价值。"

弘扬烈士精神,是对烈士最好的告慰。"丹顶鹤在越冬地半散养条件下人工繁殖研究",这是徐秀娟生前未完成的课题,她牺牲后,保护区的同事们接续了她未竟的事业。1992年,保护区成功完成丹顶鹤的人工繁殖,填补了国内研究空白。在有效的保护下,这片湿地的生态系统已日趋完善,保护区的生物圈在逐年扩大,生物量在不断上升,鸟类的种类和数量不断增多,丹顶鹤、黑嘴鸥、东方白鹳、灰鹤、震旦鸦雀等珍稀鸟类的栖息数量比建区时增加了数十倍。

盐城珍禽自然保护区

曾经"养在深闺人未识"的东方湿地及盐城珍禽自然保护区,已成为世界自然遗产地——中国黄(渤)海候鸟栖息地(第一期)的核心区域之一,透过《鹤鸣》《盐城之恋》《与鹤共舞》《不能遗失的美丽——中国湿地》等专题片、微电影唯美诗意的画面,丹顶鹤翩然步入人们视野,娓娓讲述"仙鹤姑娘"的动人故事。

(张磊 整理)

一个延续三十七年的约定

每到开学季,云南省丽江市宁蒗彝族自治县都会迎来一批江苏海安的支教老师。远隔万水千山的两座城市奇妙际遇的背后,是一个延续了37年的约定。

宁蒗俗称小凉山,地处云南、四川交界的莽莽群山之中,是一个集老、少、边、穷为一身的国家级贫困县,宁蒗的教育同样起步晚、起点低、底子薄。对于37年前的宁蒗来说,"穷"和"愚"就像一根绳索上的两个结,彼此牵缠。宁蒗人深知,"扶贫先扶智,治穷先治愚"。只有教育带来的改变,才是最根本、最持久的。

经过一番考察,宁蒗选中了教育水平在江苏领先的海安。当时,海安正急需用于教育硬件建设的木材,双方一拍即合,达成了"木材换人才"的"宁海之约"。1988年4月,宁蒗、海安签署教育合作协议,约定共同创办一所初级中学,取名"宁海中学"。同年8月,海安发挥教育资源丰富、教学实力强劲的优势,抽调一支由校长、教导主任和各学科教师组成的支教团,

20世纪90年代的宁蒗民族中学一景

到宁蒗开始首轮支教。

从海安到宁蒗,"走进去"并不容易。乘轮船、挤火车3天4夜,然后又改乘汽车翻山越岭6天,才一路辗转到达宁蒗,彼时的海安老师已经疲惫不堪,第二天还遭遇到泥石流。"到处都是泥水和石头,我们暂住的木板房被冲坏了,还没来得及打开的行李也全都泡了汤⋯⋯"很多人对当初的情景记忆犹新。

整整一个星期,校园内积下的一尺多厚的泥浆才被清除干净。跨越8000多里走进宁蒗的海安老师,没想到迎接他们的却是一道"闭门羹"——"沿海发达地区的人,怎么可能在穷山沟里待得住?""支教?来旅游的吧!"⋯⋯面对种种质疑,海安老师没有争辩,只是默默打开行囊,走进课堂。早期的支教条件着实艰苦，他们住的是用木板隔开的简易宿舍，喝的是用塑料管从山上接来的浑泥水，还常常因变压器跳闸没电而吃了上顿没下顿……然而这一切并没有令海安老师退却。

与生活条件上的艰苦相比，宁蒗学生的学习状况更让海安老师发愁。摸底考试中，宁海中学初二、初三 4 个班语文人均 46 分，数学人均 22 分，英语人均 28 分。初一新生的基础还达不到海安四年级小学生的水平，不少人连四则混合运算都不会。这样的困境不仅没有让海安老师动摇、退缩，反而更加坚定了他们支教的决心。

日常教学中，海安老师不仅把先进的教育理念和模式带进课堂，同时还根据当地学生实际，探索出一个又一个行之有效的教学方法。

宁蒗民族中学"海安班"

1989年7月,宁海中学在创办后的第一次中考中就放了"卫星":两个毕业班88名学生,22人考取昆明、丽江等地中专学校,26人考取县内外重点高中。人均考分、升学率全县第一,全县语文、数学和政治学科的最高分都出自宁海中学。

一时间宁蒗沸腾了,人们奔走相告:"海安老师真厉害!"宁海中学一炮打响,"读书去!到宁海中学读书去!"一股竞相读书的风气在宁蒗兴起。当时师资力量最强的宁蒗第一中学校长甚至下达动员令:绝不能让一中落后于宁海中学。自此,宁蒗教育系统"好戏连台",全县各校纷纷自加压力,学习、借鉴、效仿"宁海模式"的成功经验,形成了教学研争先创优、你追我赶的浓厚氛围。

海安班课堂

1989年，全国木材市场不再紧张，宁蒗也因生态保护而禁伐森林，"木材换人才"的约定成为历史，但海安老师扶贫育人的接力依然在延续。1993年，海安抽调骨干加强宁蒗民族中学高中部，2006年开启"订单式"职业技能培训合作模式，2016年集中力量开办"海安班"……37年间，从基础教育拓展到职业教育，再延伸向更加宽广的文化领域和经济领域，海安老师一批接着一批，开创了中国教育史上引进建制群体、保持集中优势、发挥整体效应的"宁海模式"，产生了促进民族团结互助进步的"宁海效应"，为少数民族地区的教育振兴、教育扶贫、民族团结贡献了智慧和力量。

寒来暑往，春华秋实。海安老师和小凉山的牵绊远不止于传道授业解惑，37年的山海情谊，早已融进了彼此的人生。当地老百姓称他们为"海安舅舅"，在宁蒗，"舅舅"是对最尊敬的人的称呼，一声"海安舅舅"，是宁蒗人对海安老师的最大肯定。而每一个"海安舅舅"背后，都有着很多动人的故事。

在宁蒗地区，至今流传着"带着父亲来支教"的故事。那是1995年夏天，在宁蒗担任高三年级班主任的海安老师朱朝书，得知父亲在老家患病住院，心急如焚，但考虑到高考在即，最后还是决定由妻子回乡照料。"到宁蒗去！"为了让儿子安心支教，病情稍好，老父亲便计划着跟儿媳回宁蒗。朱朝书起初坚决反对，他担心老父亲一路折腾再耽误了治疗。"我一天能吃一碗饭，我能行！"老人宽慰着儿子。临行前老人偷偷把自己终老的寿衣塞进了行李。长途颠簸、气候反常，老人到了宁

江苏海安老师支教纪念碑

濮便一病不起，10天后就离开了人世。消息不胫而走，乡亲们不约而同赶来，堆起高高的木垛，按照彝族最高礼仪为老人进行了火葬。冲天的火光，把宁蒗各族群众和海安老师的心融在了一起。还有一心扑在工作上、妻子重病也未能陪她走完最后一程的景宝明，连续五轮支教的"最牛钉子户"丁爱军、蒋蓉夫妇，筹集18万元设立专项奖学金的徐爱辉，为常年饱受"疥疮"之苦的女学生申请医药费的郑建华、孙亚琴……

缘于37年前的"宁海之约"，一批批海安老师满怀热愿从黄海之滨奔向数千里外的小凉山，他们为大山深处带去的不只是知识，更是一种精神、一种希望。37年间，他们用全情付出，温暖了整个小凉山。

（李小曼　整理）

马庄：探索乡村善治之路

2017年12月12日，习近平总书记十九大后首次地方视察就来到徐州贾汪区马庄村。马庄村地处徐州市东北郊25公里处，隶属贾汪区潘安湖街道，有600多户人家、2740多人、5个村民小组，村域面积4.1平方千米，耕地面积3100多亩。这个典型的城郊型村落究竟有何过人之处？

1986年，马庄还是坐落在徐州市北郊一个毫不起眼的贫困村。这年底，刚走马上任的村党支部书记孟庆喜，为了改变马庄的现状，带领党员干部连开3天会，决定依托煤炭资源，发展"黑色经济"。然而，一辈子土里刨食的农民对开矿免不了心里打怵。面对质疑，村党支部带头，32名党员跟上，仅用一年多的时间，年产10万吨的煤矿投产。不到3年，煤矿产值过千万，村集体经济完成"逆袭"，村民人均收入比1986年增长2.85倍。

村民"口袋"逐渐鼓了起来，但精神却没有跟着"富起来"。村党组织决定要充分发挥战斗堡垒作用，增强政治领导力和社会号召力，带领和依靠群众共同创造美好生活。他们积极实施"四

20世纪80年代的马庄

强三带"的党建工作方法：强堡垒、强班子、强队伍、强本领，带乡村文明、带共同富裕、带生态宜居。具体工作中坚持重大事项、重要问题、重要工作由党组织讨论决定。村委会坚持每月1日举行升国旗仪式，凡是在家的村民都要参加。升国旗仪式结束后，村干部举行"国旗下讲话"，回顾总结上月工作，公布村民小组、村办考核积分，对排名第一的村民小组、村办授予流动红旗，对排名最后的村民小组、村办发放流动黄旗。村里常态化开展党员"挂牌亮户先锋行"活动，要求全村党员在产业发展、文化建设、社会治理等各项工作中始终发挥先锋模范作用，真心实意把群众当亲人，对事关村民切身利益的问题，不论矛盾多么复杂，都想尽办法解决，直到群众满意为止。

1988年，村党支部拿出3万多元，购买了长号、黑管等西洋乐器，成立了苏北第一支农民铜管乐团。几十年来，农民乐团把政策理论、时事政治编成农民易记好懂、喜闻乐见的小品、快板、歌舞，及时帮助群众思想上解惑、精神上解忧、文化上解渴。十九大召开后，马庄编排演出《新思想引领新时代》等10多个文艺节目，连续演出数十场。习近平总书记视察马庄观看演出后，连连称赞节目编得好，演得好，勉励农民乐团为丰富村民文化生活多做贡献。马庄村还经常开展周末舞会、农民运动会、春节联欢会、元宵灯会等，每年评选"五好家庭""十佳好婆媳"，以积极健康向上的民俗文化占领农村思想文化阵地，农民精神风貌不断提振。

2018年1月，农民乐团成员在马庄村文化礼堂排练

马庄新貌

马庄坚持村民自治，积极培育村民为主体的社会组织，其中最具代表的村民兵营，创造性开展"八队一兵"活动，30多年坚持军事训练，主动在社会治安、拥军优属、环境卫生等方面做表率，几十年如一日夜间巡逻。村里先后制定了村规民约、红白理事会章程等21项150条规章制度。村规民约从孝顺父母、履行村务等细节出发，全方位予以规定，采用村民熟悉的语言，有的放矢，细、实、严、可操作性强，深得广大村民的认同。制度有了，关键看执行。有一次，老书记孟庆喜因忙于招商，对一座未达标的煤矿生产未及时制止，按规定须承担连带责任，处罚350元。许多干部和群众认为情有可原，劝孟庆喜不要缴纳。但老书记坚持制度面前人人平等，缴纳了罚款。书记带头，

马庄俯瞰图

村风为之一变，村民照章守规的意识明显增强。

采煤发展了经济，但也破坏了生态。马庄的发展进入了阵痛期，必须转型。2001年，村党总支以"壮士断腕、凤凰涅槃"的决心关停煤矿，狠抓生态修复，实施综合治理，在采煤塌陷地最严重区域建起了国家4A级景区潘安湖湿地公园，使生态"伤疤"变身自然景观。依托潘安湖，村集体发展乡村旅游产业，牵头成立香包工作室。小小的香包，从不起眼的"地摊货"，逐渐发展成了"网红"产品，马庄的发展也驶上了快车道。老书记孟庆喜喜不自禁："生产、生活、生态都变了，大家都吃上了绿色饭，换了个活法儿！"

马庄村干部们干给群众看，领着大家干，硬是在苏北欠发达地区打造出一个物质文明与精神文明并进、全国闻名的"马庄品牌",成为集经济、文化和民俗观光特色于一体的"全国文明村"。

(严文康　整理)

西港特区：荒芜之地开出中柬"友谊之花"

2016年10月12日，习近平总书记在对柬埔寨进行国事访问前，在《柬埔寨之光》发表题为《做肝胆相照的好邻居、真朋友》的署名文章，指出："蓬勃发展的西哈努克港经济特区是中柬务实合作的样板"。这个被总书记点赞的西哈努克港经济特区（以下简称"西港特区"），是由江苏红豆集团有限公司牵头，联合中柬企业在西哈努克省共同投资打造的首批国家级境外经贸合作区，也是柬埔寨目前建设的规模最大、就业人口最多的经济特区。

西港特区位于柬埔寨西哈努克省波雷诺县。2006年，这里还是"一片荒芜之地，无路、无水、无电、无网，地势最大落差70米……"柬埔寨西港特区有限公司董事长陈坚刚对当年的情景记忆犹新，"连条像样的马路都没有，一到晚上漆黑一片，想去哪里都不行"。

来自无锡的先遣团队克服热带气候不适、条件艰苦、人生地疏、语言障碍等困难，大力发扬"四千四万"精神，吃苦耐劳、

勘测创业之初

攻坚克难。他们穿着胶鞋过湿地、穿雨林，用脚步和尺子一点点丈量出了 11.13 平方千米的开发用地。经过西港特区全体员工的不懈努力，最初的"四无荒滩"一步步建设成了基础设施完善、生产生活便利，能够为企业提供"一站式"服务的国际化工业园区。尤其是 2013 年，中国提出"一带一路"倡议后，西港特区的发展进入快车道。截至 2020 年，园区吸引了来自中国、东南亚、欧美等地的 174 家企业（机构）在此落户，为当地创造就业岗位近 3 万个。

江苏天友集团是柬埔寨利恒箱包服饰有限公司的母公司。作为"一带一路"倡议提出后较早入驻特区的企业，他们到柬埔寨"创业"源自对"一带一路"倡议的信任。"我们是 2014 年来到西哈努克港经济特区的，来的时候我们就充满信心，觉得这个特区，一定会火。果不其然，2015 年 1 月利恒开始运营，2018 年 1 月就开始盈利了。2019 年，我们的订单更是多到接不完。"总经理邵小叶兴奋地说，"企业好了，工人的工资也年年攀升，公司为当地提供了700个就业岗位，刚开始时，工人月工资101美元，到2019年提高到月平均180美元，高的可以拿到240美元。我希望他们工资能越来越高，这意味着我们企业越来越好。"

西港特区不仅洋溢着中国企业家们的创业热情，还充满了柬埔寨员工对特区的感激依恋之情。特区的柬籍员工大多来自附近的村子。特区开发前，他们主要靠种植农作物和打猎为生，基本没有其他收入，生活水平很低。特区建起来后，村民们纷纷来到特区工作，学习技能，提高收入，生活质量得到显著提高。据统计，2017年，西哈努克省人均GDP超过2000美元，在柬埔寨全国名列前茅。

西港特区公司总经理曹建江介绍说，创业初期，公司就主动组织公司的青年大学生到附近的学校教当地人学中文。之后，

工业厂区一角

又与无锡商院共同开展培训工作,从 2013 年到 2019 年共培训人员 3.5 万人次。每当夜幕降临,在江苏—西哈努克默德朗友好学校的教室内,总有一群柬埔寨的年轻人在学习汉语。他们上的是免费中文学习课程,学成后,在特区工作更加如鱼得水。

26 岁的柬籍员工索提拉(音译)来自离特区最近的布腾村,是诺曼蒂克(柬埔寨)皮具有限公司一名普通员工。在这里工作带来的生活巨变让她无比欣喜:"以前全家人都务农,生活过得紧巴巴的。现在好了,家里 8 口人,除了上学的小孩,7 人都在特区工作,收入是以前的许多倍,日子越过越红火。今年家里还盖了新房,又买了 2 辆新摩托。"

和索提拉在同一个工厂上班的宋简答(音译),今年 23 岁,以前在餐厅从事服务工作。现在她的月收入最高时能超过 220 美元,在她朋友圈里已经算"白领收入"。除了收入,年轻的她更看重的是工厂对她的技术培训。作为熟练工,她现在每天能生产 6-8 个小型箱包。

"感谢中国企业给了我一个梦想起飞的机会,我会在这里努力实现自己的梦想。"宋简答对自己在特区的前途充满期待。

除了当普通工人,拥有较高技能和管理能力的柬籍员工,晋升机会也很多。33 岁的西索·玛卡拉凭借自己在金边制衣厂工作 7 年的经验,现在成为了一名管理 36 名工人的组长。"工作时间规律,工作环境干净,中午工厂还提供午餐,我完全可以兼顾工作和家庭,特别满意这份工作。"西索·玛卡拉对自己离开金边来到西港特区的决定点赞。她还提到,特区迅速发

西港特区现状

展的这几年，因为许多待业青年都在工厂谋得了稳定工作，这里的治安明显要比以前好得多。

作为中国、柬埔寨两国间的重要合作项目，西港特区不仅为当地人提供了"金饭碗"，还引导了全新的产城融合生活方式，促进了两国、两省、两地之间的友好往来，加深了彼此之间的友谊。2009年，无锡市与西哈努克市缔结为友好城市；2014年，江苏省与西哈努克省签署了友好合作备忘录。中柬两国，从高层到民间，都倾心呵护着这个"baby"。因为它的成长，不仅生动诠释了"一带一路"共商共建共享的原则，同时见证了中柬两国"友谊之花"的美丽绽放。

（严文康　整理）

守岛卫士王继才

在祖国黄海前哨，坐标北纬 34°31′、东经 119°52′，矗立着一座面积仅 0.013 平方千米的孤岛——开山岛。它位于江苏省东北部，距连云港市灌云县燕尾港 12 海里，海拔 36.4 米。全岛由黑褐色的岸石组成，野草丛生，人迹罕至。1939 年，日本侵略者就是以此为跳板，攻占连云港，战略地位十分重要。

1986 年 7 月的一天，连云港市灌云县鲁河乡鲁河村生产队长兼民兵营长王继才突然接到任务——驻守开山岛。县人武部政委王长杰向王继才交代了守岛的具体任务，同时也如实介绍了开山岛的实际情况。开山岛曾有解放军一个连队驻守，1985 年部队撤编后，设民兵哨所。此后，灌云县人武部先后派出 4 批，每批 3 名民兵驻岛值守。由于无给养船、无经费保障等原因，岛上生活异常艰苦。那些值守的民兵中，最长的待了 13 天，最短的只待了 3 天。面对组织的极大信任，26 岁的王继才服从组织安排，成为开山岛第五任守岛者。

妻子王仕花是全村最后一个知道王继才去守岛的。在王继

开山岛

才上岛后的第四十八天，王仕花第一次上岛来看他。原本积攒了满腔怒气和无数怨言的她，看到丈夫后，眼泪夺眶而出。"原先高高壮壮的他，胡子拉碴，又黑又瘦，跟野人一样。"不久，王仕花辞掉了小学教师工作，把两岁的女儿托付给老人，也上了岛。这一陪，就是32年。

从此，开山岛的每一天，都是从升旗仪式开始。"升旗！""敬礼！"王继才当升旗手，王仕花庄重敬礼。两个人的升旗仪式，一样的庄严神圣。"开山岛虽小，但岛就是国，必须每天升起国旗。"就这样，夫妻俩每天升旗、巡逻、瞭望、看航标、测风力……

遇上暴风雨，岛上风大路滑，王继才和王仕花就用绳子把身子系在一起，若是一人跌倒，另一个人好把对方拽住，不至

王继才夫妇在开山岛举行向国旗敬礼仪式

跌入海中。日复一日，他们极目四望，除了偶而驶过的渔船，只有茫茫海水。两条狗，几只鸡，是他们在岛上仅有的陪伴。

为守岛，王继才夫妇尝遍了酸甜苦辣。200多面褪色的国旗、40多本海防日志、1部手摇电话机、20台听坏的收音机、10多盏用坏的煤油灯……这些物件，记载着王继才夫妇守岛的风风雨雨。王继才总是说："家就是岛，岛就是国，守岛就是卫国。"32年中，只有5个春节是在岸上过的。最初的20多年，岛上不通电，只有一盏煤油灯、一个煤炉、一台收音机。遇上风大浪高，船出不了海，岛上的煤用光了，只能吃生米；没淡水，全靠岸上送来的补给和水窖存下的雨水。1992年的冬天，大风刮了17天，补给船无法航行，岛上断粮断火。5岁的儿子哭闹不止，夫妻俩去海边摸来海蛎、海螺，生不了火，只能吃生的。王仕花先把螺肉嚼烂，过滤掉腥臭味，再往孩子嘴里填；顿顿吃海蛎，儿子撒的尿都是乳白色的。当渔民终于送来补给时，一家人已饿得说不出话……

那些年，同村人陆续富了起来，但王继才家常常入不敷出。在上海跑运输的大姐希望王继才去帮忙，承诺一年收入三五万元。王继才还是选择了留下。他说："个人小账算不过来的时候，就算一算国防大账，一算，心理就平衡了。"

伴随着经济的放开搞活，一些不法分子企图把开山岛当作走私、偷渡的"避风港"。有一次，一个"蛇头"私下上岛找到王继才，掏出10万元现金，要他行个方便。王继才一口拒绝："只要我在这个岛，你们休想从这里偷渡！"对方恼羞成怒，威胁要让他"吃罚酒"。他毫不犹豫地向县人武部和边防部门汇报情况,并协助警方抓获了这名"蛇头"。32年间,王继才协助公安边防部门破获多起走私、偷渡案件。

在渔民眼里,王继才是"海上守护神""孤岛活雷锋"。渔民晚上出海时,他会亮起航标灯;遇到大雾大雪天能见度低,他就在岛上设法提醒渔船绕道航行。有一次,一条渔船被海浪打翻,5名船员落入海中,王继才发现后,不顾风急浪高,冒着生命危险前去救援,把落水船员一一救上岛。

2006年,开山岛旧码头的砖石出现大面积脱落。为了节省国家经费,王继才决定自己动手。他们下海淘沙、搬石头、和水泥、

王继才和王仕花日常巡逻

抹砂浆，很多地方修了被冲、冲了再修。他们每天干10多个小时，足足花了两年时间才将码头一点点重建起来。

岛上常年潮湿，王继才患上了湿疹，胳膊和腿上满是铜钱大小的白斑，一个挨着一个。医生说，只有离开岛生活，才能根治这种严重的湿疹。可他总是笑笑说：我怎么离得开呢，离了开山岛，我睡觉也不踏实！

2013年2月，开山岛成为全国最小的行政村，王继才成为村党支部书记。王继才把人生最美好的年华无私奉献给了国防和海防事业，因事迹突出，先后获评"全国时代楷模""全国爱国拥军模范""全国十大正义人物"……2015年2月11日，在全国军民迎新春茶话会上，习近平总书记亲切接见了王继才。

2018年7月27日，王继才在执勤期间突发疾病，经抢救无效不幸去世，年仅58岁。32年未换岗的哨所，进行了第一次换

王继才在开山岛上眺望远方

岗。王继才牺牲后，习近平总书记作出重要指示，王继才同志守岛卫国 32 年，用无怨无悔的坚守和付出，在平凡的岗位上书写了不平凡的人生华章。我们要大力倡导这种爱国奉献精神，使之成为新时代奋斗者的价值追求。2019 年，王继才被授予"人民楷模"国家荣誉称号。

作为一名共产党员，王继才始终听从党的召唤、服从组织安排，付出了常人难以承受的艰辛，战胜了难以想象的困难，恪守了"一生守岛，直到守不动的那一天"的铮铮誓言，用实际行动展现了爱国奉献的赤子情怀。

（严文康　整理）

后 记

  为推动党史学习教育常态化长效化，持续从百年党史中汲取智慧和力量，省委党史工作办公室组织力量，撷取江苏党史中的重要人物、重要会议、重要文献、重大事件，编写了系列党史故事，汇集成册，以《初心如炬——江苏红色经典故事》为题，生动再现中国共产党在江苏的浴血奋战史、艰苦创业史、改革创新史。

  从建党的开天辟地，到新中国成立的改天换地，到改革开放的翻天覆地，再到党的十八大以来党和国家事业取得历史性成就、发生历史性变革，根本原因就在于党始终坚守了"为中国人民谋幸福、为中华民族谋复兴"的初心和使命。全书聚焦初心使命，共收录40篇红色经典故事，以图文并茂的形式，生动感人的故事，重点反映江苏党史上可歌可泣的英雄模范、不屈不挠的斗争精神、改革开放的成功实践和勇于创新的典型经验，为党史学习教育提供生动教材和鲜活样本。

  本书的编写工作在江苏省委党史工作办公室室务会领导下进行。华晓琦、杨溯、冯鹰、朱梅燕等参与了审读编辑工作。

  由于篇幅有限，本书遴选的只是江苏百年党史中的部分红色故事，编撰中的疏漏和不当之处，敬请广大读者批评指正。

编者
2025 年 1 月